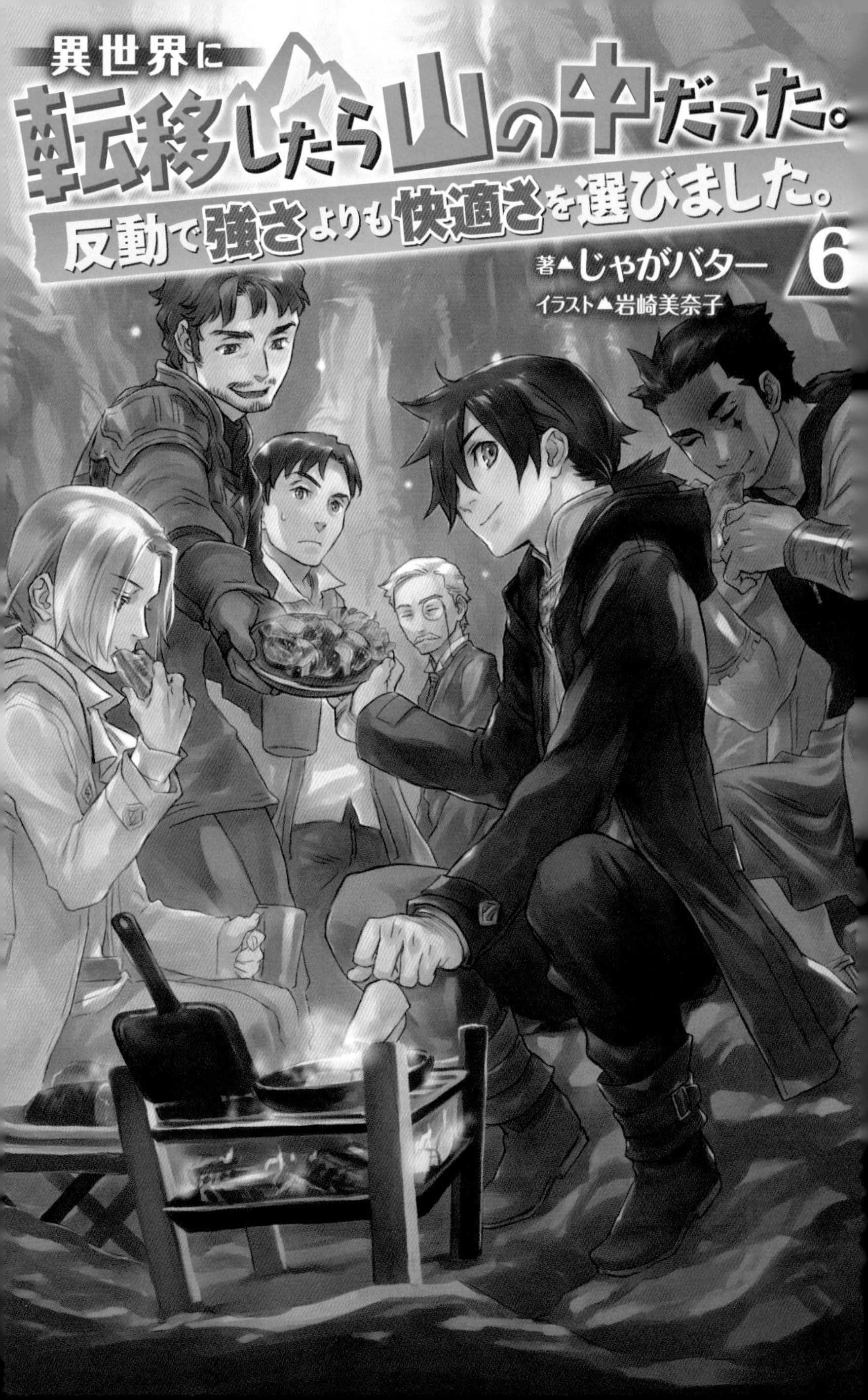
異世界に
転移したら山の中だった。
反動で強さよりも快適さを選びました。
6
著▲じゃがバター
イラスト▲岩崎美奈子

レッツェ
慎重で思慮深い冒険者。安定を好み、付き合いは広く浅く外面よくだが、気に入った人間に対しては面倒見が良い。
クリス=イーズ
ナルシスト気味な銀の3つ星冒険者。いいやつではあるが、主張が激しいため、少々うざい。仕えるべき主人を探す騎士タイプ。
ディノッソ
ジーンが最初に仲良くなった農家。家族ぐるみでの付き合いをしている。実際は、「王狼のバルモア」の二つ名を持つ冒険者。
ジーン
姉の勇者召喚に巻き込まれ、異世界に転移した大学生。物を作るのが大好きで、手を抜かない性格。人に束縛されるのは嫌だが、世話好きな一面もある。
主な登場人物

アッシュ/アーデルハイド・ル・レオラ（レオン）
アーデルハイド家の長女で、冒険者ギルド所属。一見すると男性に間違われるが、一応女性。寡黙で律儀、ちょっとずれている天然系。
カーン
火の時代に栄えた国の王を名のる者。ある事情で苦しんでいるところを、ジーンによって助けられる。
ディーン
銀の2つ星ランクの冒険者。明るく面倒見がいい兄貴分で、組織に組み入れられるのを嫌うタイプ。
パウディル＝ノート
アーデルハイド家に仕えていた、アッシュの執事。人当たりはよいが、実は腹黒い性格。冒険者時代には「影狼」と呼ばれていた。

Contents

異世界に転移したら山の中だった。反動で強さよりも快適さを選びました。6

じゃがバター

イラスト
岩崎美奈子

1章　城塞都市

　いよいよ明日は迷宮に出発する。

　楽しみにしていたので、嬉《うれ》しい。しばらく留守にすることになるので、済ませるべきことは済ませた。果樹の剪定《せんてい》とか、畑の手入れとかだけど。あとは、保存食として持ってゆくものの準備とか。【収納】は使わないつもりでいるからね。

　で、今日の夕食は、しばらく食べられないもの。

　んー。賀茂茄子《かもなす》がたくさんなって、ぱつんとテカテカして美味《おい》しそうだったから、まず茄子だな。丸のまま窯《かま》の中に入れて焼く。茄子は絶対丸のまま焼いた方が美味しい。茄子をじっくり焼いてる間に肉も焼く。

「あつっ！」

　熱々《あつあつ》の賀茂茄子を手で割いて。ローストした肉を交互に盛ったら、醤油《しょうゆ》とみりんと蜂蜜《はちみつ》の汁をかけて山葵《わさび》を少し。ここで一旦《いったん》【収納】にしまう。冷めないようにね！

　トウモロコシをナイフでなるべく繋《つな》がるように削り切って、まとめて揚げる。枝豆もじゅっとね。どっちも夏の味。タコの柔らか煮——八寸《はっすん》もどきに色々なものをちょっとずつ。

主食はお寿司。さっき作った茄子料理に加えて、小茄子の辛子和《からしあ》えも少し出す。

「いただきます」

色々食べたいからちょっと小ぶりに握ったお寿司。クロマグロは旬《しゅん》じゃないからミナミマグロ、石鯛《いしだい》と胡椒鯛《こしょうだい》の食べ比べ。縞鯵《しまあじ》と鯵、タコの吸盤は紅葉《もみじ》おろしとポン酢で、アオリイカには大葉を、軍艦は海苔《のり》がいい香り。やっぱり真鯛とクロマグロも。

ほどける酢飯がネタに絡んで美味しくできてる。みんな旬に手に入れているし、『食料庫』のものはそもそも一番美味しい時期のもの。鮎《あゆ》なんかは若鮎と落ち鮎が季節を無視して交じって泳いでるけど。

1つ2つ握るのもなんなので、柵分を一度に握って残りは【収納】に入れてある。いつでも好きなネタで食える！

トウモロコシの天ぷらは甘くて美味しい。小茄子もいい具合。満足！

デザートはほうじ茶アイス。アイスはリシュに協力を願い、キンキンに冷やした金属の器で混ぜて作った。肉球をくっつけるだけで冷やせるリシュは優秀。可愛かったし。

風呂上がりに、鞄《かばん》に旅に必要なものを詰める。

重くて形が変わらないものをまず詰めるんだっけか。今回は色々バレている状態なので、食料もバリエーション豊富。干し魚、干しアワビ、干し貝柱の魚介をはじめ、色々ね！

米も餅《もち》も持ったし、いざという時の羊羹《ようかん》とナッツバー、タフィーナッツもオッケー。今回は、森での行動と違って、狩りができない可能性もあるので、干し肉も多めに。

燃料が手に入らず、煮炊きが難しい場合があるそうなので、そのまま食える缶詰たくさん。なお、缶が精霊鉄製で叱られる可能性があるので本当の非常食。軽いアルミが作れればいいんだけど、あれは電解しないといけないんだっけ？　とりあえず周囲に他人がいた場合に備えて、普通に見える保存食も混ぜた。

前回の反省を生かして、作業用エプロンに手袋、着替え。あれ、大荷物になったぞ？　でもレッツェも迷宮に行く時は荷物が多くなりがちなんで、運搬人を雇うこともあるって言ってたし、普通かな？　たぶん。

相変わらず早朝は『家』に帰ってリシュと散歩に行く予定だけど、準備完了して寝る前にリシュとたくさん遊ぶ。いつもより早く寝て、早く起きる。

早起きした出発当日は、リシュと寝ぼけながら散歩して、戻ったらサイフォンでコーヒーを淹《い》れる。こぽこぽという音を聴き、コーヒーの香りを嗅《か》ぎながら、水袋に水を入れたり最後の準備と確認。

コーヒーで目を覚まして、暗いうちにカヌムへ。朝ご飯はみんなで屋台の予定だ。俺は【収納】してしまえばどうとでもなるけど、他は長期間家を空けるため、ダメになるような食料を昨日までに消費しているはず。

迷宮に行くメンバーは、俺、ディノッソ、レッツェ、執事、アッシュ、ディーン、クリス、そしてカーン。待ち合わせはディーンたちの住む借家の共有スペースの居間。

「おはよう」

一応ノックはしたが、返事がある前に扉を開けて中に入る。居間のテーブルにはディーンとクリス、レッツェの3人。暖炉の前にカーン。

「おう。って、お前荷物すげぇな」

「前回の倍はあるのではないかな？」

そう言うディーンとクリスも、結構大荷物を脇に置いている。

「お前、それ担いでたら狭いところ通れないぞ、ちょっと減らせ」

レッツェの荷物はいつもよりちょっとだけ増えてるけどコンパクト。なぜだ。

ディノッソやアッシュたちを待つ間、荷物をチェックされる俺。

カーンも参加だが、荷物は少ない。カーン、食わなくても平気なんで荷物の大半が酒。そして居間の端っこで黙って酒を飲んでいる、デカイから存在感あるけど。

「力任せに全部運ぼうとするのはやめろ」

ズボンを抜かれ、缶詰を没収される。あー、あー、あー！　年間通して同じ服着てる文化だった人にはわからんかもだが、着替え、着替えはいるんです！

パンツとシャツ何枚かは死守した。靴下も。

「お前、また何か変なもの作ったな？」

缶詰をまじまじと眺《なが》めるレッツェ。レッツェ、難しい顔しててもそういうの好きだろ。知ってる。

「ジーン、お前これ精霊鉄だろう⁉」

あ、ディーンにバレた。正しくは鋼《はがね》だけど。

「なんと！　もったいない！」

クリスが身を乗り出す。

「何か入っているな。中身は――お前のことだから食い物か」

レッツェはまだ観察中。

「それは赤貝の土手煮風、山椒《さんしょう》入り。ディーンが今持ってるのは牛肉のバルサミコソース、クリスのは焼き鳥のタレ。あと精霊鉄は繰り返し使える」

中身がわかるように印をつけてある。

「なんだってわざわざ重たくしてるんだ?」

不思議そうに聞いてくるディーン。

「保存食、保存食。1年以上保つぞ」

殺菌とか説明面倒だからしないぞ。

「便利だな。俺なら戦争の兵糧《ひょうろう》に使う」

目が合ったカーンがニヤリと笑う。

カーンの言う通り、缶詰があれば兵が食料の調達を気にせず、長距離を移動できるようになってしまう。現地調達の必要がないから、雪山など進む場所を選ばない。多少乱暴に扱っても平気。

この世界の戦争の大部分は食料問題で起こって、食料のなさからお互いに疲弊して終わることが多い。

「……作るのやめる」

缶詰は便利だけど、この世界にはまだ危険すぎる。

「それがいい」

俺の答えに短く言うと、また酒を飲み始めるカーン。

「おう、おは——何やってるんだ?」

「朝飯《あさめし》」

ディノッソとアッシュたちが連れ立ってきた。

缶詰は全部開けて、机に並べられ朝飯になってます。屋台での買い食いを取りやめて、缶詰消費な朝食に変更。

「美味《うま》そうだな」

「はい、美味です」

缶詰を見ながら言うディノッソにディーンが答える。伝説の金ランク、バルモア――ディノッソのファンなディーンが、時々きらきらした、憧れいっぱいな気持ち悪い感じになるのは見ないふりをする。

「食べるならどうぞ」

クリスが丸いパンが入った籠《かご》をディノッソの方に押し出す。

「おう！」

ディノッソは家で食べてきたはずなのに食い始めた。

「あ、やべ。これ酒のつまみだろう」

「俺もそう思う」

ディノッソとレッツェ。

「まあ、保存食意識して作ってるから、味が濃いめだしな」

俺も牛肉を、もぐっと1つ。うん、なかなかいい味だけど、飲み物か、一緒にご飯を食べたくなる。基本的に迷宮とか、体を動かす場所で食うつもりだったし、塩分も糖分もあっていいんだけど。

食べ終えたら、缶は綺麗《きれい》に洗って【収納】する。精霊鉄なので、放置しとくと叱られるし、また使えるしね。


だいぶ軽くなった荷物を背負って出発。

「しまえるのにちゃんと荷物運ぶとこは律儀だよな」

「隠すところが時々間違ってる気がするが、まあ努力は買おうか」

なんかディーンとディノッソが言ってる。

そうか【収納】を隠すことに繋がるのか。一緒に行くなら同じ条件で、と思っただけだけど。

リシュの散歩は必須なので、預けるわけにもいかないし家に帰るのは大目に見て欲しい。

「ジーンは付き合いがいい」

アッシュが言う。なんか感心してるっぽいが、俺がみんなに混ざりたいだけだ。

「ルタ、よろしく。今日はちょっと重いぞ」

左右のどちらかに重さが偏らないように振り分け、荷物が揺れてルタに当たって痛くないように積む。

身体能力のお陰で、俺にとってはかさばるだけで重くないんだけど、ルタにとってはそうじゃない。缶詰食べちゃってよかった。

「カーンより軽くね？」

ディーンから突っ込みが入る。

カーンは輓馬《ばんば》みたいな馬に跨《また》がっていて迫力がこう、ね？　優美な馬もいいけど、どっしりがっしりな馬も格好いい。

などと思っていたら、ルタが首を擦《こす》りつけてくる。ルタが馬の中では一番だから安心してくれ。

アッシュとの遠乗り以外では久しぶりのお出かけ。遠乗りと違って道中に魔物が出るかもしれない。無事な道中よろしくお願いします。

カヌムの貸し馬屋には城塞都市と付き合いのある店があって、お互い預けたり預けられたり、人を乗せて返したりしている。親戚なんだって。

ルタとカーンの乗ってる馬は預かってもらうことになっている。ついでにレッツェが貸し馬屋に金を渡して、城塞都市と連絡を取り、すでに宿を人数分押さえている。

魔の森で稼《かせ》ぐもよし、坑道に行くのもよし、迷宮に行くもよし、そんな城塞都市の宿は、選《え》り好みしないならともかく、まあまあ清潔で手頃なのはすぐ埋まるんだって。

準備が完了し、城塞都市を目指して出発。この道は慣れてる奴が約2名いるのでお任せ。商人が使う街道ではなく、ある程度腕に自信のある冒険者が通る森に近い道を行く。

魔物が出やすい場所は早駆けで、休憩ポイントも押さえているので道中問題なく。不純な動機で通ってるのに、さすがな実力。

進む順番はそういうわけでディーンとクリスが先頭、次に俺とアッシュ、執事、最後がディノッソとレッツェ、カーン。ルタが先陣を切ろうとするんだけど、アッシュと並んだら落ち着いた。

ルタさんや、なんで「しょうがねぇなあ」みたいな鼻息つくの？

「はははは！　ルタは利口だね！」

「飼い主が頼りないとこうなるのか」

クリスとディーン。

「む、気を使わせてしまったか」

ルタに真面目《まじめ》にお礼を言い始めるアッシュ。

「もう少しなんとか……」

もう少しなんだ？　執事？

「俺の時代は、子はとにかく増やすだったからな。これで手を出さんのは理解できん」

カーンの守備範囲と貞操観念が現代とずれていた件。守備範囲については本人に聞いたわけでなく、俺の観察による結論だけど。

「今の時代でも、農村では割とおおらかだぞ。働き手を得るために増やす方向だな。都市は反対に貞操が尊ばれる。商家や貴族は家同士の政略婚だから、誰の子かってのが大問題だ」

カーンにレッツェが両極端な現状を説明する。

結婚する年齢も農村は早いし、都市部は貴族じゃなくても、徒弟制である程度出世しないと結婚できないから遅い。徒弟制は大体住み込みで師匠の雑用もこなしながら学ぶから、独立するか通いを許されるかしないと無理なのだ。ある程度出世しないと養う金もないからね！

農村は耕した分、食い物が確保できるから強い。が、実際は子に分け与えるには畑が足らず、家に厄介《やっかい》になったまま、子供を産む事実婚が大量。

何が違うかって、結婚して独立――村長なんかを通して、領主に届け出て人頭税《じんとうぜい》を家長が払うようになる――しないと、奴隷《どれい》と変わらん扱いを受けることになるんだな。血が繋がってるから優しく、なんてことはほぼない。

他人の俺に見せる顔は、すごく人のよさげな親父なのに、兄弟とかその子供を人間扱いしてなくて、それが当たり前だって思ってるっぽいのも俺にはダメで。まあ、あちこち農作業手伝ったけど、結局ディノッツォの家にしか行かなくなった。

それに出産は命がけなんで女性は大変だ。なんでか知らないが、出産から66日の間、精霊の力を寄せつけないので、精霊の水を使ってできた回復薬が効かないのだ。

精霊に乗っ取られない最低限の自我が赤ん坊に目覚めるまで、母子共に精霊からの影響を受けなくなるとか仮説があったけど真偽《しんぎ》は知らん。まあ、少なくとも66日は危険だから本人も周りも大事にしなさいってことだ。

回復薬が効いたとしても、大多数の人が買えない値段だ。農村では下手すると金貨なんか一生見ないで終わる。出産はある意味平等だ、金持ちも貧しい者も命の危険がある。まあ、環境を整えられる金持ちは断然安全なんだろうけど。

ついでに産婆《さんば》さんは、風や火よりさらに昔に栄えた太母神《たいぼしん》に仕える巫女《みこ》に独占されてきた産術の継承者なんだそうだ。太母神は地母神《ちぼしん》とも言われ、女性の姿をした大地の精霊だったらしい。

古い古い遺跡には、豊かな肢体の女神が描かれていることが多く、かなり広範囲まで力を振るった女神だったようだ。

「こいつらどうせ同じ部屋に一晩入れといても何もないぞ。うちの奥さん曰《いわ》く、アッシュは過激なことを言う割に自分のことだっていう自覚がねぇって。ジーンに至ってはこないだ手を繋いだって嬉しそうにしてたレベルで、うちのエンより進んでねぇ」

おい、ディノッソ！！！

こっちの世界の結婚出産のことを考えてたら、俺の話が進んでた！

「あんまり周りが言うと逃げるぞ。じれったいのはわかるけどよ」

そうです、レッツェの言う通り！　いたたまれなくなるからやめろ！

道中何もないと周りが暇になっていけない！


平穏無事な道中に悪態をついたのがいけないのか、昼を過ぎた頃、この季節には珍しく雨が降った。

「結構降ったな」

レッツェが地面を見て言う。

もう雨は上がっているし、強く降ったわけではないんだけど、地面を濡らすには十分だった。

ルタを拭《ふ》いてやって、休ませたあと、野営の準備をしている。俺はレッツェにくっついて、薪《たきぎ》の調達。

「湿って使えないっぽい？」

森の中にはたくさん木の枝が落ちてるんだけど、雨を吸って見た目にもじっとりと重そう。

「まあ、こっちは大丈夫だろ」

そう言って、木に引っかかっている枯れ枝を引っ張るレッツェ。

「ほれ。着火剤は持ってきてるし、これくらいなら燃える」

パキッと折って見せてくれた断面は乾いている。

「なるほど」

水の溜まった地面にくっついてなければ、表面が濡れただけで済んでいるようだ。

探すべき場所を教えてもらったので、いつも地面に向けている目を上に向け、引っかかっている枝を探す。

魔の森は誰かがしっかり管理して、手入れをされているわけではないけれど、浅い場所は俺たちのような冒険者が分け入り、こうして薪を調達したりするため割と歩きやすい。

レッツェを見ていると、伸びたら邪魔になりそうな枝を落としてたりするので俺も真似をする。このちょっとした行動がここの歩きやすさを作ってるんだな、と腑《ふ》に落ちた。落とした枝は、あとから来た見知らぬ人が薪に使うかもしれないし。うん、このサイクルに参加、参加。

「こんなもんか」

その辺の蔓《つる》でレッツェが器用に枝を束ねて言う。ロープも持ってきてるんだけど、現地で使えるものがあればそちらを優先して、荷物は温存。俺はレッツェの行動を見て、学習中です。

「お前……、みしみしいってるぞ」

この辺の蔓はしなやかじゃない節のとことかあって、真似してはみたものの上手く束ねられない俺がいる。集めた枝の束を踏みながら、力任せに蔓を引っ張ってたらレッツェに呆《あき》れられた。

「お帰りなさいませ」

「お帰り」

野営地に薪を持って帰ると、執事とアッシュに迎えられる。

「相変わらずでございますね」

執事が俺の提げているものを見て言う。薪を探しながら、食べられるものも採取してきた。これはレッツェより得意なんだ。

また雨が降ることを警戒して、水場から少し離れた場所を野営地に選んでいる。日本と違って、高低差がほとんどないし、川幅もほぼ一定なんで、上流で雨がたくさん降っても鉄砲水が起こるようなことはないんだけど、寝てるうちにじんわり溢《あふ》れた水が染み込んできたらやだしね。

焚《た》き火をする風除《かぜよ》けが作られた場所に拾ってきた枝の束を置くと、レッツェがさっさと細い枝を選び出して火を熾《おこ》す。

地面には雨水の排水のために執事がつけたのか、枝で引いたような窪《くぼ》みがいくつか。裾《すそ》を地面につけないようにコートを膝《ひざ》にたくし上げて料理の準備。迷宮に行く前に、城塞都市で買い物ができるので使う量とかは気にしなくていい。

「おう。こっちは周囲に変わったことなし」

「魔獣の足跡1つないよ」

「お帰り」

違う方向に行っていた面々が帰ってくる。薪集めもあるけど、魔の森なんで一晩過ごす周囲に変わったことがないか偵察も兼ねてる。

「俺たちが最後か。ほれ、木苺《きいちご》があったぞ」

ディノッソとカーンが戻り、ディノッソが布に包んだものを渡してくる。中を開けると少しオレンジっぽい色をしたのと、黒に近い色をした木苺がたくさん。

「――森があるといいな。食い物に困らん」

カーンが腰を落ち着けながら言う。

砂漠の王様だからな、あそこでどうやって食料を調達してたんだろう？　いや、昔はエス川が近くを流れていたって話だし、川魚とか、水辺の植物があったのか。というか、この木苺、カーンも摘《つ》んだのか？

思わずカーンのでかい手をまじまじと見る俺。あ、指先真っ赤だし。さては潰《つぶ》したな？

焚き火にはトマト味のモツ煮をかけてある。分厚い鉄鍋は、重いけど揚げ物にも使える便利なものだ。モツは『家』で下処理をして煮こぼしてきたので扱いやすい。

「む、美味しい」

「臭《くさ》くないね？」

ディノッソとクリス。

好評で何より。デザートは、ディノッソとカーンが採ってきた木苺を、薄く伸ばした小麦粉の生地に載《の》せて砂糖を少々振って焼いたもの。生地も発酵《はっこう》させてない手抜きだけど、アッシュの口に合って何よりだ。


多少天気はよくなかったけど道中は平和に過ぎ、城塞都市到着。正直すごく入るのが嫌な俺がいる。

馬から降りて、門番に金を払って手続きをする。時期や時間にもよるけど、人の移動はそう多くないので待ち時間は短い。

最初の手続きを終えた冒険者の出入りは、今並んでいる場所とは別に窓口がある。冒険者の出入りは結構あるけど、見ていると門番にギルドのタグを見せるだけ。ちょっともたつく時は依頼票みたいなのを見せている。引っかからなければそれで済んでしまうようだ。

商人が入るための荷馬車が並ぶ方は、時間がかかるせいで列ができてるけど。

眺めている間に俺たちの審査が終わって、中に入る。城塞都市は、入ってすぐに広場がある。カヌムとかは中央付近にあるんだけど、どうやら魔の森で大物を狩った時とか、ここで解体ショーをやったりするらしい。広場は色々なイベントや公示の場に使われる。

今も公示人がラッパを鳴らし、何かを読み上げている。公示人は、字の読めない人や、立て札を立ててもスルーするような人のために、気を引いて、領主からのお知らせや何やらを読み上げる。公示人が雇われるような知らせは、生活に直結する事柄が多く、みんな真面目に聞くようだ。

今もラッパの音を聞いてか、広場に大勢の人だかりができている。

いかん。広場が気持ち悪い。人が気持ち悪い。

「ジーン、顔色が悪い」

アッシュが怖い顔になりながら言う。

「広場抜ければ平気だと思うから、お構いなく」

ルタ～。ぺったりくっついてルタが歩くのを邪魔しながら進む俺。覚悟してきたつもりが、どうやら足りなかったようだ。

「あー。ここで男爵《だんしゃく》の処刑があったのは、もうジーンがこっちに来てる頃か」

そして相変わらず察しのいいレッツェ。

そう、俺はこの世界に落とされて、自由を得た最初の頃にこの城塞都市に来ている。

「ああ、あったな。って、お前の感覚だとキツそうだな」

ディーンの声。そうです、初めてここで人が死ぬのを見た。

いや、正確には途中で逃げ出したので、現場は見ていないのだけど。処刑される人には悪いが、むしろ決定的な死の時の方がマシだったかもしれない。

ただの処刑ならともかく、落とした手足の代わりに枝が差してあったり、グロかった。そしてそれを完全に見世物として楽しむ住人が、なかなか衝撃的で忘れられない。

死が身近だからこそ、ただの処刑では物足りない。特に民に迷惑をかけた貴族階級の処刑は徹底的に貶《おとし》めてから——民のガス抜きを兼ねて、ひどい時には街や農村へ本当に見世物として引き回す。

民を抑圧し、虐《しいた》げた者が転がり落ちる。立場の逆転にひと時の解放と、喜悦を。

個人の行為ならば諫《いさ》めるなり否定する。でもこっちはそれが普通、それを否定するなら、国やら何やら体制から変えなくちゃいけない。こっちで何もする気のなかった俺が、こっちの価値観を否定する資格があるとは思わない。

なのでどうこう言うつもりはない、言うつもりはないんだけど。

あの時、シヴァがトドメを刺して回ったのは、命のやり取りが当たり前な、こっちの世界の対応として納得できたんだけど。

ちょっと今、みんなの顔を見たくない。うっかりあの住人たちの嗤《わら》う顔と重ねてしまったら怖い。

「ジーン、名誉ある貴族はたとえ政敵に陥れられ、死ぬことになっても矜持《きょうじ》は捨てない。王や領主は全ての民に都合のいい運営はできない。でも、善政を敷いていれば、死ぬ時に涙されても嗤われることはない」

む、アッシュが長文話してる。

「街の住人も農村の住民も狭い枠の中で生かされてるからな。同じ喜び、同じ恨みが一斉に伝《でん》播《ぱ》する。そこに違う価値観の奴が放り込まれたら怖えよな」

レッツェ。

「数は暴力でございますな」

執事。

「俺たち冒険者は枠からはみ出してっけどな」

ディーン。

「枠からはみ出るのもいいものだね！」

クリス。

頭をポンポンされる。この手はディノッソか。そういえば他の農家の価値観――子供が消耗品のように扱われる――についていけなくってディノッソ家一辺倒になったんだった。

うん、どうせ俺の世界は狭い。周りにいる人たちの価値観が好ましければ、他の大多数はいいかな。気分が浮上してきたらなんか恥ずかしくなってきた。

ちょっと甘やかされてるな俺。いかん、いかん。

「ジーン、ほら。城塞都市名物が売ってるぞ」

レッツェの言葉に顔を上げる。肉を焼くいい匂いが漂っている。

「……我が主人は簡単構造だな」

聞こえてるぞ、カーン！！！！！！

って、豚の鼻だけ串に刺されてる⁉　ビジュアルが衝撃なんですけど、城塞都市名物！

「1個買ってやるから元気出せ」

え、レッツェ、ちょっと抵抗があるんですけど！　そう口に出す前に、半歩進み出た執事に馬の手綱《たづな》を預けて店に行ってしまう。

「ほれ」

どきどきしてたら、差し出されたのはちょっと硬めなパンの真ん中に、溶けたチーズと卵。ちらっと見たら、確かにその屋台が隣に。豚の鼻が名物じゃなかったのね……。

「カヌムと違ってこちらは鳥の魔物が多うございますからな」

なるほど、執事の言う通りで、周りを見れば鳥の丸焼きや半身を売る店も多い。簡易な露店もあるけど、建物の窓みたいなところに板を張り出して売っているところも。

「猪《いのしし》も多いよ！」

クリスの言葉に、豚の鼻から猪の鼻に認識を改める。どっちにしても衝撃は変わらない。

得られる肉が美味くて豊富、城塞都市に人が多いわけだ。カヌムと同じく冒険者や移動する商人が多いからだろう、外で食事が賄《まかな》える場所もたくさんありそう。

レッツェに買ってもらったパンをもぐもぐしながら、あちこちに視線を飛ばす。元気になったのは開き直ったせいであって、パンにつられたからではない。

でもこれ、卵が半熟でとろりと流れ出したら好みなんだけどな。やっぱりここでも卵はきっちり火を通すのか。

最初の目的地に到着、貸し馬屋にルタを預ける。

「厩舎《きゅうしゃ》から脱走したり暴れたりするけど、よろしく」

なんか引きつってたけど、少々多めに預け賃を渡したら愛想よくなったので大丈夫だろう。

次は宿に行って、荷物を預ける。宿の主人に少々小銭を渡して、部屋の出入りを気にして欲しいと言《こと》づける。貴重品はもちろん持って出るが、重いものは部屋に置いてゆく。鍵はかかるけど、宿でのコソ泥は多いのだ。

レッツェの手配した宿はアッシュに気を使ってか、上の下くらいの結構いい宿でふた部屋。普通の冒険者はもっと狭い部屋で雑魚寝《ざこね》が一般的だ。

部屋にベッドは2つ、使うのはアッシュと執事に俺とカーン。俺とカーンは床だな。こっちの世界の宿に1人1部屋とか、人数分のベッドとかを期待するのは無駄だ。宿も泊まる側も普通は詰め込めるだけ詰め込む。カヌムくらいならともかく、街道沿いとか、ここ城塞都市とか人の出入りが多いところはね。

シーツも洗い立てだったし、マットレス代わりの藁束《わらたば》も新しかった。まともな宿の中でもいい宿だ。それでも虫が嫌なんで、そっと皿に載せた虫除けを置いてきたけど。

外出の目的は、カヌムからここまでの移動で消費した食料を買い足して、夕食を食うこと。

冷静になって見た城塞都市は、なかなか栄えているようだ。カヌムより人が多く、冒険者も装備が整っているし、身なりのいい人が多い。店も多く、広場で芸を見せて稼ぐ奴までいる。石畳は整えられ、目につく範囲に空き家もなかった。

ただ、路地に目をやると、痩《や》せ細って力なく壁にもたれる人や、目だけがやたら大きくギラギラしてる子供がいる。当たり前だが、ここに住む全ての人が幸せとはいかないようだ。

冒険者がよく行く通りの店には、森や迷宮に持ってゆくためのものがたくさん並ぶ。燻《いぶ》された茶色い魚が吊るされ、種類ごとに箱に入れられた干し肉がところ狭しと置かれている。束ねられた薪に硬焼きビスケット、チーズがたくさん。

帽子に外套《がいとう》、ナイフに袋。剣の手入れ用の砥石《といし》に鹿皮。見たことのないものも多くて楽しくなる。あ、水筒いいな、新しくしようか。

「お前、そんなに買ってどうするつもりだ」

「う……」

ちょっと魚や肉には手が出なかったが、硬いライ麦パンを何種類か、チーズを少しずつ数種類――気づいたら結構買っている。

「迷宮で食い切る！」

「……まあ、運べるのも動けるのも知ってるからいいけどよ」

ため息混じりのレッツェが買い足したのは炭、水代わりの酒。カヌムから運ぶにはかさばったり、重いもの。

俺は黒い泥炭《でいたん》を板状に切って乾かしたやつを持ってきてるんで、炭はパス。水は買い足さないと。

泥炭を燃やした時の熱量は、同じ重さの石炭のほぼ半分くらい。でも木材の倍あるので十分だろう。乾かしすぎるとポロポロ崩れて扱いにくいけど、よく燃える。今頃クリスの弟のリードが目指しているだろう場所から掘ってきて、乾かしといたやつだ。

ディーンは重さを考えてか、干し肉を大量に、塩漬け肉を少々。まあ、肉だ。アッシュとクリスはカヌムであまり見ない種類の干し果物、執事は香辛料、カーンは酒、ディノッソはヌガーを吟味《ぎんみ》。迷宮に持ち込む最低限を押さえたあとの買い物は、みんな結構自由だ。

「アッシュ、この店の干し葡萄《ぶどう》は粒が大きくて甘いぞ」

「む」

【鑑定】を使いつつ、安全で美味しいものを探す俺。一応、1粒味見させてもらってアッシュに勧める。

「あ、本当だね！　私も買っとこう」

クリスも1粒食って、購入を決めたようだ。

「カーン、この酒は薄めてない」

カーンは酒とチーズとナッツ類。周囲にいる精霊から、細かいのを取り込むことで活動していて、そばにベイリスもいるしどうとでもなる。口から食うのは人間だった時の名残《なごり》にすぎない。酒もいくら飲んでも泥酔まではいかないそうだ。

かなり怪しまれるのでは？　と思ったけど、時々精霊に憑《つ》かれている人の中には、精霊の好むものしか口にできなくなることがあるらしく、無問題のようだ。

ディノッソが選んでいたヌガーは、砂糖や水飴でナッツやドライフルーツを固めたもの。美味しかったら子供たちへのお土産《みやげ》に帰りに買うそうで、いろんな種類を少しずつあちこちで買ってた。お父さん、楽しそう。

嫌な印象だった城塞都市は、なんのことはない、カヌムより人も物も多い活気のある街だった。


買い物を終えて夕食。

ほどほどに混み合った店内で、肉の焼ける匂いが漂う。

玉ねぎの丸焼きが載った皿に、暖炉で焼いた子豚の肉を切り落としてくれる。それとレバーを少々。

城塞都市では、迷宮に入る前にレバーを食う習慣があるのだそうだ。あれだ、ビタミン類の補給？　レバーはビタミンAが豊富で、摂取しすぎると中毒症状が出るので食いすぎはよくないが、これくらいなら平気だろう。

なお、俺もレバーペーストと燻製《くんせい》を持ってきてる。レモンを蜂蜜に漬けたものと、乾燥させたライムやら野菜も。

こっちの人の携帯食ってチーズや干し肉、ビスケットとかそんな感じ。かろうじて干しリンゴか。栄養が偏りまくる心配しかなかったのだが、迷宮に入る前にレバーを食う習慣があれば、ちょっと安心？　それはそれとして。

「豚肉、柔らかい！」

切り落とされた肉にちょっと塩を振っただけだが、すごく美味しい。

「この店は魔物の野豚の中でも二本ツノを使ってる。城塞都市の名物なんだよ」

ディーンが得意げに言う。

どうやらこの店のチョイスはディーンらしい。さすが肉マスター！


「肉美味しかった！」

店を出て、路地で感想を口にする。

「城塞都市は魔物肉で有名なんだよ。そん中でも美味い店なんだ」

ディーンが自慢げに言う。

「うん、野鶏《やけい》とかちょっと聞いたことがある」

城塞都市の情報を積極的に入れることはしてなかったけど、それでもなんか肉が有名なことは聞いた。

「そそ。猪とか野鶏そのものを増やすのに、森に餌《えさ》を置いたりしてるし、わざわざ魔物化させるために森に豚やら鶏を放ってるしな」

「魔物化した豚の革や牙も特産だよ」

クリスも説明に参加。

「へえ。革はともかく、牙って何に使うんだ？」

「工芸品が多いな。ブローチ、指輪、印章なんかもか」

「占いに使ったり、魔除けに使ったりもするね」

首を傾げる俺に、レッツェとクリス。

「おっと。俺たちはギルドに寄って届出しねぇと」

城塞都市に来た理由は、近くにある迷宮でディーンとクリスが冒険者の昇格試験を受けるためだ。指定の階層で狩りを行い、無事帰って報告すれば、２人は晴れて金ランクになる。

銀ランクまでは、冒険者ギルドや都市への貢献度なんかでなれるけど、金ランクには強さも求められて、銀の星が揃《そろ》ったところで迷宮に突っ込むのが昇格試験の１つなんだそうだ。

伝説の金ランクのバルモア――ディノッソが試験に同行していいのか聞いたんだけど、人脈も考慮されるからいいんだって。

そもそも、迷宮内で誰か助けに入ってもわからないしね。指定の討伐《とうばつ》部位とかアイテムを持ってくればいいみたい。

ゆるいな～って思ったけど、昇格したあとに金ランクの指名依頼をこなすことができなければ、かなり恥ずかしいことになる。失敗して、すぐに銀に落とされることもあるらしい。

「行ってらっしゃい」

ぞろぞろ行っても仕方がないので、試験を受ける2人とその2人よりランクが高いディノッソに手続きを任せて、ちょっと離れたところで待つ。

しばらく経って、なんともバツの悪そうな顔で3人が戻ってきた。

「悪い！」

「ジーン、ごめん」

「すまん」

勢いよく頭を下げたディーン。申し訳なさそうなクリスとディノッソ。

「なんだ？」

「ギルドから見届け人がつくことになった」

ディーンが言う。

「え」

滅多につかないらしいんだけど、王狼《おうろう》バルモアさんのファンの人がですね、ねじ込んできたそうです……。おのれっ！

見届け人の話が出たところで、一緒に迷宮に潜る面子《めんつ》から俺を外して届出をしてきたそうだ。

「参加なら、迷宮に入る前に見届け人に伝えればいいだけだからね」

クリスが言う。

さすがに金とか銀とかが増えたらあれだけど、俺は銅ランクのまま放置してあるからな。同じく銅ランクのカーンが混じってる時点で、色々不具合があるテストだと思うけど。

「3人とも悪くないだろ」

そう答えて、とりあえず宿屋に戻る。

ふた部屋とった片方に、みんな集まっての話し合いはぎゅうぎゅう。カーンは1人で3人分以上だし。

「見届け人は、副ギルド長だ」

執事が配ったお茶が全員に行き渡ったところで、ディノッソが言う。

「なんでそんな偉そうな人が」

突っ込む俺。

「王狼バルモアのファンだって力説してたが、ありゃ違うな」

ディーンが言う。その副ギルド長、ディーンから見るとファンとしての熱量が足りないの？

「アメデオたち金ランク、勇者が来て、伝説のバルモア。何かあると判断されたのでは？」

執事が言う。

迷宮にはちょっと前まで、アメデオたちが金を稼ぐために籠《こ》もっていた。具体的には、俺が売りつけた精霊剣で散財した分を稼ぐためだけど。

その後、俺の偽物の勇者が迷宮に入り、城塞都市の雰囲気は微妙な感じだったらしい。今もちょっと微妙だけど。

「城塞都市の副ギルド長といや、精霊が見えることで有名だろ。外で待ってた集団的にも、怪しすぎたんじゃねぇの？」

「……」

レッツェの言葉に黙り込む面々。

うん、カーンは物理的に目立つしね！　ベイリスはカーンのペンダントで寝てるはずだけど、変な気配がしたのかもね！　アッシュにもアズがいるし。

俺？　俺は喋《しゃべ》らなければ認識されないから大丈夫！

俺は一言も話してないので離脱しても平気だろうけど、副ギルド長の視界に入ってしまった面々は、今さらやめたら痛くもない腹を探られそうってことで、届出通り全員参加。

「悪い、結構楽しみにしてたろ？」

俺より残念そうな顔でディーンが言う。

うん、楽しみにしてたけど、３人のせいじゃない。俺の選択としては参加、だけど迷宮内で大人しくしている。参加せず、ソロのどっちか。

「参加するなら、パーティーとしてじゃなく、ソロにしとけばやらかしても誤魔化《ごまか》しやすいぞ」

レッツェが言う。

色々話し合った結果、迷宮内で偶然一緒になったふりして合流、やばそうだったら離脱ってことになった。行き当たりばったりとも言う。

「ローブ着てこう、ローブ。そういえば勇者の偽物ってどうしたんだろう？」

勇者が迷宮に入って、それを避けるようにアメデオたちが移動したのは聞いた。偽勇者はまだ迷宮に籠もってるのかな？　ちなみに偽勇者は、俺の偽物の勇者の略だ。

「迷宮から戻って『天上の至福』に今日入ったとよ」

そう言うレッツェと、それに頷《うなず》く執事。

今日の話を、俺たちと一緒に行動していたレッツェと執事がどうやって知ったのか気になるんだが。それぞれ方法がまるで違いそうな気がする……。

「『天上の至福』……。どっかで聞いたことがあるな」

「クリスの贔屓《ひいき》の方だろ」

「あー」

ディノッツォの言葉に、娼館《しょうかん》の名前だったなと思い出す。って、ディノッツォ、いつクリスと娼館の話したんだ？　シヴァに内緒案件か？

「む……」

微妙な顔のアッシュ。俺が行ったわけじゃないからな!?

「ここで一番快適な宿は、ねーちゃんたち抜いても『天上の至福』か『月楽館《げつらくかん》』なんだよ」

ディーンが言う『月楽館』は、自分の贔屓の娼館だったたか。

「褥《しとね》は白色雁《しろいろがん》の羽毛布団が幾重にも重ねられ、今のように暑い時期は珍しい氷の精霊憑きが部屋を快適に冷やし、そよ風を送るためだけに風魔法の使い手が雇われてるのだよ！　一番高い娼婦《はな》の部屋になると、その時の客のためだけに、寝室の全てを新しいものに取り替えると聞くよ」

うっとりと言うクリス。

全部取り替えるっていっても廃棄するんじゃなくって、別の部屋に回すんだろうけど、それでもすごい。

あれだ、泥棒はともかくネズミやら虫やらにビクビクしなくていい宿はあんまりないし、日本人なら行くかもな。俺は最初に飛ばされた山の中での野宿生活が長かったから、多少免疫あるけど。

こっちの世界、宿屋にベッドがある方が珍しいし、あってもフレームだけで他は自分で用意しろだし、宿に泊まるのに金持ちは絨毯《じゅうたん》持参だし。農家の半数は動物のように藁に潜り込んで寝ている世界。クリスやディーンの言うそのままなら、ここの娼館は別天地だろう。

なお、ここの『月楽館』や、他の都市で有名な高級娼館の中には、先代の勇者が元を作ったものが多数あるそうです。勇者……っ！

「娼館なら遭遇しようもないな」

目視できたら、【縁切】発動させる気だったんだけど。

「いや、それもどうなのだ？」

低い声で漏らすカーンはスルー！

会わないまま【縁切】の指定ができないこともないんだけど、俺のチェンジリングは造られて間もないせいでこの世界に痕跡《こんせき》が薄く、捕捉が難しい。俺の顔のはずなんだけどね。

「迷宮内で鉢《はち》合わせの可能性がなくなったことをよしといたしましょう」

執事が言う。俺のぼやきの意味を真逆に取っている気配、確かに【縁切】のためじゃなければば街でも迷宮でも遭遇したくないけど。

あ、微妙に姉たちへの【縁切】の影響で、俺のチェンジリングともすれ違ってるのか？　だったらいいいな。

明日からは屋根の下で眠れない日々がしばらく続く、だから早く寝ようってことになって解散。

部屋に安心できない俺は、虫除けを再び設置。木の葉をまとめ、火を点《つ》けると燃え上がらずに薄い煙をくゆらすやつだ。最初に置いた虫除けより効果は薄いが、いい匂いでお香みたい。

２つのベッドはアッシュと執事に使ってもらう。カーンはそもそもここのベッドのサイズじゃはみ出るし。床でもいっぱいいっぱいだ。

「もう少し右にお願いします」

カーンに肩車をしてもらって、梁《はり》に綱を掛ける。

俺はカーンの上にハンモックで寝ます。迷宮に入る前にノミやらダニに刺されるのは嫌だ。

執事が微妙な顔で見ているが、気にしない！

「じゃ、昨日の打ち合わせ通りに」

「はーい」

とりあえずローブコートを引っ張り出してきたものの、街中でこの夏の盛りに着込むのは怪しすぎるため、普通の格好の現在。迷宮内は下に行くほど涼しくなるようなので、装備はそれからだ。一応、これを着るつもりですよと、みんなに見せた。

大丈夫、以前ルフごっこしたローブとは違う。内側の肩甲骨《けんこうこつ》あたりに冷え冷え魔法陣、腰のあたりに暖かくなる魔法陣を描いた新しいローブコートだ。

宿で昼飯になるパンに肉を挟《はさ》んだものを受け取り、出発。

「あれが勇者が滞在している『天上の至福』だよ！」

「噂《うわさ》の勇者娼館」

建物自体もなんか白っぽいし、彫刻バリバリ。通り自体が娼館の集まってるとこみたいなんだけど、なんか変わった建物がいっぱいある。

娼館通りを横目で見ながら通り過ぎ、俺は広場へ。みんなはギルドへ。広場を通って門へゆくので、みんなが来るまで俺はここで待機。

広場には市場が開いていて、ここでもパンやチーズが売っている。いや、雑貨も売ってるけど。

7月に収穫した麦が出回って、新しい麦でパンが焼かれる季節。

収穫された小麦は一旦集められて、種子の大きさ・色・密度・組成によって大きく3つに分けられ、選別されて札がつけられる。

上等の麦、選りすぐりの麦は名士や有力市民の家長、都市のパン屋の元へ。ごく普通の商売用の麦は一番大量、買うのは地方のパン屋とか、宿屋や商家で従業員用にパンを作るところとか。低品位の小麦はさらに貧しい者向け。硬い部分を避けることもせず、大体全粒粉のパンになる。

小麦粉は数日、空気に馴染《なじ》ませ熟成させる。挽《ひ》き立ての小麦は吸水率が低く、練っても生地にまとまりにくい。そんなこともあるせいか、こっちの世界、日本のお米と違って、なるべく新鮮なうちに！　という考え方とはちょっと違う。初夏に刈り入れられた小麦でできたパンは今の時期、秋口に出回る。

そういうわけで、焼き立てのパンを少々購入。小麦のいい香り。

昨夜の買い物は冒険者用の店が並ぶとこだったけど、広場には色々な露店と広場に面した店がある。城塞都市はいろんな樹液の砂糖やシロップが有名だと聞いてる。

帰りも寄る予定だけど、予定は予定なので今のうちに手に入れておこう。

3種類、6袋を急いで購入。お金持ち向けのお土産品のようで、手のひらに収まる小さな袋だが、しっかりしている。お留守番のディノッソ家に配る予定なのだ。肩掛け鞄にしまうふりをして、【収納】。

ギルドへの距離的にまだ時間は大丈夫だけど、じっくり選ぶのはよしておく。あとは門に近い場所の露店をうろついていよう。じゃないと、時間を忘れそうで危険だ。

ディーンたちの姿を視界に収め、俺も迷宮行きの馬車に乗る。迷宮に行く人は多いので、馬を乗りつけるには別に許可がいるし、こっちの方が面倒がない。

副ギルド長というのは、なんか「魔法使いだけどちょっと回復も使えちゃいますよ、僕」みたいな眼鏡《めがね》。精霊憑きで20代前半に見えるけど、40を超えてると聞いた。

そっと見てみると綺麗な白蛇《はくじゃ》型の精霊が腰から背中を巡って肩からにゅっと顔を出している。よく見ると真っ白ではなくって、うっすら金色。何属性ですか？　光と風かな？

クリスの精霊は相変わらず顎《あご》を指先でぐりぐりしてるし、ディーンの精霊はブーツに纏《まと》わりついているのが見える。平和な道中だ。

2章　迷宮案内

迷宮の前にある建物で手続きをして金を払い、迷宮へ初潜入。

ここの迷宮の入り口は定番の洞窟《どうくつ》。お話の定番ってだけで、こっちの世界では森の中に突然あったり、建物の中だったり色々なんだけど。

なにせ迷宮の定義は魔物が多いこと、湧《わ》きやすいこと、魔物が魔石を持っている確率が高いこと、そしてありえない空間構成というだけだ。

迷宮の浅い場所には人がそこそこいる。一応このあたりは地図があるので、下に続く道はチェック済み。森の調査の時もそうだったけど、大体休憩場所も決まっているので、はぐれた時はそこを目指すよう言われている。

予定としては浅い層はなるべく早く抜けて下に潜る。ディーンとクリスの試験の指定項目は、30階層より深い層の魔物の素材を持ち帰ること。細々とした行程もあるけど、大きくはそんな感じ。前人未到の深い層へ行けとかの無茶はないみたい。名声を得るのは金ランクに上がってからが勝負らしい。

カーンの後ろ姿を目印にあとを追いつつ、他の冒険者の姿がなくなったところで小声で精霊に名前を付ける。地衣類《ちいるい》の精霊、石灰の精霊、響《ひびき》の精霊、とりあえず洞窟迷宮1号、洞窟迷宮2号——。

最初にお願いしたのは、契約のことも俺のことも内緒、特に前を行く眼鏡にバレないよう頼む。

今のところ狩り尽くされてるのか、魔物との遭遇もない。

ディーンたちのあとをついていく冒険者は俺の他にも何人かいる。事前に聞いた話でも、ある程度下の層に潜りたい冒険者は、なんとなく連れだって行くって話だった。人数が多ければ、魔物が寄ってこないので、早く進めるからだ。

ある程度深い層になると、人間の気配に大喜びで積極的に襲いかかってくる魔物も出てくるので、騎士団が出るような大討伐でもない限り少人数にばらける。今はまだ浅い層だから、できるだけ集まって、でも剣を抜けるくらいには離れて。

ディーンたちはかなり深い場所に行くので、今ついていっている人たちは途中で自分の実力に合った層に留《とど》まり減ってくんだろうけど。

そういうわけでカーンが目立つのをいいことに、間に何人か挟んでのこのこついていっている俺。名付けた精霊は冒険者の集団に興味があるフリをして、行進の前に後ろに、ちょろちょろとしながら俺と念話だか心話だかをしている。

『じゃあ20層から40層までほぼ全滅か』

『そう〜』

『僕らもね、逃げてきたの』

あれです、俺のコピー商品くん、20層までは大人しくしてたらしいんだが、それから大暴れを実施したようで魔物も精霊も40層くらいまでほとんどいないそうです。しかも鍾乳石《しょうにゅうせき》や石灰、岩石の精霊たちを消費して何カ所か崩落させてる模様。

……。

俺はそんなに考えなしのイメージなんだろうか。ああでも、いずれ全部捨てて出てゆくつもりだったから、あの時周囲にあった人も物もどうでもよかったのかもしれない。

――よし！　俺のせいじゃない、姉のせいってことで1つ！　そもそも俺から積極的に関わりに行ったことないし！　やっぱりなんかコピー失敗してるぞ。

『とりあえず、溶けたり、欠けたり、痛そうな精霊がいたら教えてくれ。でも取り込まれるかもしれないから、近づかないで』

『はーい』

森でユキヒョウに頼まれた馬みたいに、まだ憎しみに飲まれていない精霊がいるかもしれない。

これはあれだ、名付けをこれ以上すると目立ちそうだし別行動決定だろうか。下に向かうには地図を見るより、ついていった方が楽だからとりあえずついていくけど。

勇者たちの尻拭《ぬぐ》いかと思うとなんか業腹《ごうはら》だけど、精霊に名付けるのは俺が力をつけることになるし、【縁切】も強化される。名付ければ精霊が同意なく力を奪われることもない——勇者たちが力を振るうのに光の玉を消費することになる。

ちょっとくらい使いすぎる程度ならあとで大きく成長するから、ってなるだろうけど、ずっと好き放題力を使ってるっぽい勇者たちの「ちょっとくらい」は、果たしてどれくらいだろうな？

まあ、この世界に精霊は数多《あまた》いるので、そう簡単な構図ではないけれど。俺の方が弱かったら、俺と契約してても力を奪われる恐れもあるし。

レッツェたちと休憩の時に話せるかな？　崩落してたり、崩落しそうな場所がたくさんありそうなことを伝えておきたい。

ついてく冒険者の間でバルモアと副ギルド長という単語が飛び交ってる上、カーンの筋肉についても漏れ聞こえてくるので、近づけるか不安だけど。

カーンなら精霊と話せるけど、ここの精霊には順序だてて話せるほど人の思考に近い精霊がいない。ある程度こちらの話すことは理解してくれるけど、伝えるのは苦手。単語が出てこない感じ？

　あれ、そもそもエクス棒とは喋らなくても意思の疎通はできるな？

『えー、テス、テス。ただいまマイクのテスト中』

『……なんだそれは』

　試してみたら、カーンの憮然《ぶぜん》とした声が返ってきた。

『あ、繋がった』

　どうやら感度良好の模様。

『最初の言葉に意味はないから気にするな。そしてお知らせなんだが、20層以降に進むと、もれなく黒精霊が体を乗っ取りにかかってくると思うんで気をつけて』

　他に動物がいない気がするので、共食いか、のこのこ来た冒険者に取り憑くかの二択だと思う。

『いきなり話しかけてきたと思ったら、どうしてそう突飛なのだ』

『俺も今、精霊に聞いたところだ。早いとこ伝えた方がいいと思って』

『精霊はなんと？　俺は枝同士が相殺《そうさい》していて、どっちの精霊も喚《よ》ぶ気になれば喚べるが、望んだ方の枝が腕に出る』

　精霊を喚んだら白い枝が、黒い精霊を喚んだら黒い枝が出ちゃうのか。そりゃ目立つな。

『20層以降、40層くらいまで、俺のコピー勇者が好き放題やったらしくって、魔物もいなければ精霊も消費されて黒いのがほとんどだって。あと、精霊を見境なく使ったらしくって、あちこち崩落してるんだと。天井と足元に気をつけて』

使っただけではなく、食い散らかしたらしいけど。

『――俺が目立ってもいいか？』

『隠しようがないくらいデカイぞ？』

『そういう意味ではなく、な』

微妙に歯切れが悪いカーン。

『副ギルド長に顔を売っとくチャンスなんじゃないか？　王になるんだろう？』

元の国民はもういない。カーンが王だった国は遠い昔に砂に埋もれた。だったら新しく手に入れるしかない。

『お前、本気で言っていたのか……。俺はジーンの『王の枝』なんだが』

『王になりたくないのか？』

カーンは落ち着いてるけど、野心がある。いや、野心というのは違うな、ずっと王様だったから王であるのが当然なのか。

『……』

黙り込むカーン。

気のせいでなければ、カーンに国をなくして無為《むい》でいることの虚《むな》しさが見える。契約で俺に縛られて、それに甘んじる諦《あきら》めが。

『王様は枝を手に入れた俺が選んでいいんだろ、何の問題がある？』

人間の王が人間じゃなくたっていいだろう別に。手に入れたいモノもやりたいことも、それを叶《かな》える能力も、乱世という時代も揃ってるのに何を迷う？

『……俺に精霊を集めろ。精霊から聞いたふりをして話そう』

『おう』

どうやら上手くそそのかせたようだ。

精霊たちにカーンのそばに集まるようお願いする。きっと精霊が見える人々には、色の違う小さな光がカーンの顔の周辺を巡り、カーンの耳に囁《ささや》き、目の前で気を引いているように見えるだろう。

俺にはなんか7色アフロみたいに見えるけど。

そして見てる、眼鏡がカーンをすごい見てる。

執事とアッシュは見えないふり、ディノッソはカーンの方に視線を送り、片眉をちょっと上げたかと思うと、視線を戻してそのまま無言で進む。

『もう散らしてかまわん』

『はい、はい』

ゆっくり散ってゆく精霊たち。

「な、何い!? 魔物がいないだと!?」とか小芝居《こしばい》があるのかと思ってたんだけど、特にカーンからアクションがない。どうやら休憩時間とかにそっと情報を回すつもりらしい？


時々、魔物の気配はするものの、さすがにこの大人数に寄ってくることはなく平和な道中。

あ、来る途中に野鶏とかイノブタの魔物を狩りたかったんだった！　馬車に乗って真っ直ぐ来てしまった。おのれ、眼鏡……っ！

いや、馬車に眼鏡は関係ないな。

休憩地点、最初にいた人数から半分ほどに減っている。日帰りの予定者が減った感じかな。

2層、3層に薬になる苔《こけ》が生えていて、それを採取しに来ている者も多い。

冒険者ギルドの依頼には、3層まで何カ所かに松明《たいまつ》を設置する仕事がある。全体を明るくするためではなく、光の精霊の休憩所的なものだ。城塞都市から光の精霊の使用者が数人派遣され、3層までは等間隔で薄明るく照らされている。

光と闇と風は精霊自体が多いし、その系統の魔法を使う者が結構いる。攻撃魔法だと火も協力的だけど。

今いる場所は、3層の端、4層の始まりくらい。ここまでは割と手入れされていて、歩きやすく洞穴《ほらあな》の幅も広い。ところどころ人工的に削った跡があるくらい。道を外れると、そうじゃないらしいんだけど。

ここの迷宮は明確に階層が分かれているわけでなく、緩《ゆる》やかな下り坂で地下に向かう道、滑り落ちるような急勾配《こうばい》、洞窟内の崖を下るなど、道は1つではないし、もっと言うなら辿《たど》り着く場所も1カ所ではない。

地図と情報共有のために便宜的に分けられてる感じだ。1層aルートとかbルートとか。ちなみに俺たちの通る予定のルートは崖です。迷宮初心者を騙《だま》す風に言うなら、4層から12層までショートカットするルートです。騙されたのは俺だ。

思い思いに散らばり、なおかつ魔物が出た時に困らない距離で休憩。あれだ、鴨川の土手のカップルの距離だ、俺だけソロっぽいけど！

端っこに陣取り、水を一口、硬い干し肉を少々。干し肉は塩なしで、通常よりさらに硬く、噛《か》んでいると口内に唾《つば》が出て喉《のど》の渇きが和《やわ》らぐ。迷宮内の給水ポイントはとても少ないので、いきなりガブガブ飲むわけにはいかない。

眼鏡がカーンに話しかけている。レッツェたちが俺の方に視線を向けないようにしているっぽいのを思い出し、あまり見てるのも変かと視線を彷徨《さまよ》わせるが、他の冒険者も眼鏡とカーンには興味津々《しんしん》の模様。ディノッソにもだけど。

どうやら見てても目立たないっぽいので、遠慮なく見ることにする。

普通の声からどんどん声を落とし、ひそめるような内緒話。大多数が聞き耳を立てている状態だが、かすれて聞き取れない。というか、眼鏡に喚ばれた精霊が歌っているのが邪魔で聞こえない。

見てるとカーンの方が言葉少なで、眼鏡の方がたくさん話してるっぽい。ディノッソも混じって時々口を挟んでいるが、こっちも聞き役のようだ。

自分からは積極的に話さず、相手に話すだけ話させてるのか。あるいは、流したい情報を聞かせるのではなく、欲しい情報を聞き出した、と思わせるためか。俺だったらとりあえず全部喋っちゃいそうだな、カーンが小芝居やると思ってたくらいだし。

『おう、副ギルド長に説明を終えたぞ』

眺めてたらカーンから話が来た。

『どうなったんだ？』

『まず、副ギルド長のイスカルがついてきたのは、そもそも迷宮の調査のためだ。勇者迅《じん》の情報集めと言った方が正しいか。取扱注意の判断が下っているらしく、迅が変に思わぬように、王狼殿も、俺たち怪しい集団も、迷宮に入るための目くらましだ』

偽物くん、取扱注意？　割れ物か？　ガラスのハートだった18歳の俺か。

『一応、こっちの行動の決定権はディーンとクリスだ。今、２人を引き込んで対応を相談している。精霊が見える俺や王狼殿にはついてきて欲しいとさ。20層の攻略を予定しているパーティーが他に1組あるそうだが、そっちはほどほどのところでギルドへの連絡依頼を出して帰す手はずだ』

その時に危ないようだったら、ディーンたちも上に戻ってもらう話をしているって。

どうも最初から、勇者迅を疑ってギルドが調査に来たのではなく、勇者のやらかしの痕跡を偶然見つけたように持っていきたいっぽい。

シュルムは勇者を得て1年以上経つ。最近中原の小国を1つ併合したらしく、そのやり方が結構エグいというか狡《ずる》い感じで警戒中だそうな。

昔、中原は肥沃《ひよく》な大地で、麦の収穫が段違いに多い大国があった。風の精霊の加護が去ったあと、その国は崩壊して、シュルムを含む強国たちがいくつかの国に分割した。

文化や部族をまるっと無視して、自分たちの利益配分だけ考えて地図上に引かれた国境線、これで争いが起きないわけがなく――風の精霊の眷属《けんぞく》も減り、戦乱で荒れ、麦の収穫がどうしようもなく落ち込んだあたりで、強国は中原から手を引いた。

あとはもう、過去の戦争が原因の戦争だわ、食料が足りないから隣を襲うぞとか、さらに小さな国に分かれたり、くっついたり、めちゃくちゃだ。かつての強国たちも、まさか何百年も続く混沌《こんとん》になるとは思ってなかったのだろう。なお、シュルムには、自国に喚んだ風の勇者が中原の国に脱走した恨みもあったようだ。

そんなシュルムが新たな勇者を得たことで、また中原にちょっかいをかけつつ、他の国にも圧力をかけ始めたんだってさ。

『シュルムは中原を挟んで反対側なのに、なんでそんなに警戒するんだ？』

すごく遠い。中原の国々を平定しながら移動したら、さらにかかるだろうし。

『レッツェの受け売りだが、小国同士の争いをあと押しして、強国が代理で戦わせたことも多々あったらしくてな。シュルムが征服への闘志を燃やしてるのが当時の相手国で、テオラールも該当する。他にも色々絡むらしいが、今はそんなところだ』

テオラールは国の名前。城塞都市アノマと王都、その間にあるいくつかの都市というか村を抱えている。

『それにしたって遠いだろう？』

【転移】の魔法陣とかあったら怖いです。

『同じことを王狼殿が聞いた。妖精の道の出入り口が城塞都市から10日の場所にあるそうだ』

『よし、塞《ふさ》ごう』

金銀のことを考えると、ナルアディードのそばにもありそうだな。【転移】ではなかったことにちょっと安心。

『妖精の道』って、妖精と精霊しか絶対通れないのか確認しなくては。偽物くんはチェンジリングだし、普通に利用できるんだろうけど。姉とかが通れるかの確認をしなくては。

『……まあ、塞げるなら塞いどけ。妖精の出入り口があるのは本当だろうが、場所を正直に言っているとは思えんがな』

『塞ぐ方法もこれから探す。ところでさっき急に声が不明瞭になったんだけど、眼鏡がなんかした？』

『眼鏡――イスカルのことか。盗み聞き防止の魔法を使ったようだ、風属性の簡単な魔法だな』

……そんな魔法だったのか。歌ってた精霊の、俺にもわかる音痴《おんち》はわざとなのか聞きたいところ。

シュルムがちょっかいかけた国がどこの国なのか、あとで地図を見ながら聞こう。中原の国を併合してもそう旨味《うまみ》はないから、その先の大国が目標なんだろう。幸いシュルムは海戦には弱いんで、島はひとまず安全なはず。

混ざって話せないのが歯がゆい。ディノッソが何かもぐもぐしているが、何を食ってるんだろう。

む、知らないパーティーの1人が代表して、ディーンたちになんか話しかけてる。なんだろう？　握手してるから交渉成立？

休憩を終えて出発。俺はローブコートを羽織って、フードを被《かぶ》る。

崖を降りるルートへの分岐で人数がまた半分に減る。この辺で魔物がちょっかいをかけてくることが出てきたけど、全く危なげなく――というか、残った半分のうち何人かは崖を降りる気ないな。ディーンたちが倒した魔物を回収してる。

休憩時間に交渉してたのはこれか！

12層まで降りるのは俺も含めて5組らしく、普段より少ない。迷宮に入る時に金を払った係の人が、勇者が潜った直後に深い層に行った人たちがたくさんいて、今は逆に減ったって言ってた。

なお、無事に戻ってきたのかどうかは聞いていない。黒精霊のことを知らなかったし、その前に20層以降に行ってたならまだ戻ってくる時期じゃないので、確認しようがない。

下が真っ暗な崖に、鎖《くさり》が何本か垂らされている。ここ降りるんですか……？　その鎖、大丈夫なの？　錆《さび》が浮いてない？

12層までぶち抜きだけど、岩棚の休憩所が何カ所かあるのだそうだ。俺は最後に行きますよ、っと。

ディーンたちを含む何人かは、剣を取って回しやすいショートソードに装備を替える。崖を降りている最中、コウモリの魔物が時々出るからだそうだ。俺はもともとごく普通の剣を装備してるのでそのまま。

えーと。カーンどうするんだこれ、体重制限に引っかかってない？　ああ、ベイリスに手伝ってもらうのか。

先に降りたディノッソにそっと風の精霊を同行させて、岩棚までの深さを測る。ある程度距離を知っておかないとちょっと不安だ。

残った冒険者たちが綱で結んだ荷物を降ろす。それぞれのパーティーのメンバーが下で荷物を受け取ってるのだろう。下で明かりをつけたのか、オレンジ色が見える。崖の下の闇が深すぎて心許《こころもと》ない光だけど、目印としては優秀だ。

ここでの明かりは、草をきつく束ねて松脂《まつやに》や薬草を塗り、木の皮で巻いて縛ったやつ。30センチくらいのもっさりしたやつだけど、軽くて扱いが容易なのでよく使われる。大きく燃えないので光源としては微妙すぎるけど、火種が長持ちするので重宝する。

荷物を降ろした冒険者が次々崖を降りてゆく。こう、ショートカットできる資格は崖を降りられる体力とか腕力がある奴なんだな。眼鏡は魔法使ってるけど。

あれ？　なんかレッツェが手間取ってる？

「おう、最後だな」

笑って言うレッツェ。

「うん、最後だ」

崖を降りてる途中の冒険者に聞こえる距離なんで、当たり障《さわ》りのない言葉を交わす。洞窟は響くのだ。

どうやらわざと手間取ってた気配？

「荷物降ろしてやろうか？」

ありがたく降ろしてもらって、隣り合った鎖で降りる。

見える範囲にいるのにいつもの馬鹿話を一緒にできないのは、結構堪《こた》えていたようだ。今自覚した。

鎖には等間隔で輪が繋いであって、足がかけられる。思ったより降りやすいが、輪にロープを通してレンジャーみたいにスタン、スタンと降りた方が早い気がそこはかとなく。風の精霊によると、下げられてる鎖は大体みんな同じ長さのようだし。

でもあんまり目立つことするのもな。

岩棚に無事到着すると、もう他の冒険者は次の岩棚に向かって下降を始めていた。

最後に残ってるのはディノッソとアッシュ。ディノッソは無言で俺の頭をフードの上からぽふぽふと軽く叩《たた》いてから鎖を降り始めた。

アッシュは頭に手を持っていきかけて止まり、迷うそぶり。ぽふぽふしていただいても構いませんが。――彷徨う手に手を合わせ、もう片手で俺がアッシュの頭をぽんぽん。

久しぶりにアッシュの怖い顔を見た。照れてる、照れてるんだよな？　怒ってたらどうしよう。


さすがに8層分を一気にというわけにはいかず、途中の岩棚で長めの休憩。ディーンたちは4層の崖を降りる前に、魔物を回収していたパーティーから水袋を1つもらったらしい。岩棚は狭いから、そんな会話が聞こえてきた。魔物を回収して稼いだ分、早く外に出られるのでその分不要になった水をってことなんだろう。

聞き耳を立てながらまた干し肉を食べる。歩きながら食うために細く裂いて持ってきてるせいで、なんかスルメを噛んでる気分になるなこれ。

いっそスルメを出そうかと思ったが、あれは結構匂うことを思い出してやめる。

休憩を終えて鎖を降りていると、魔物からの挨拶《あいさつ》が少々。俺を含む大多数は片手で剣を振るったり、短剣を突き出したり。大部分のコウモリの魔物は、眼鏡の魔法で落とされた。

なるほど、魔法は手が離せない時とか距離がある時は便利だな。あと素材の回収を気にしない時。白色雁の時は魔法で仕留めても、回収できなくて困ったのを思い出す。ケースバイケースだな。

鎖を降りるのはちょっと面倒だったけど、いいことがあったのでよしとする。

眼鏡の魔法をいくつか見て、気づいたこと。発動の呪文は発声と指先で書くやつがあること、あるいはその両方。

指先で何か書くとミジンコみたいな細かい精霊が懐《ふところ》に吸い込まれて淡く光り、それから小さな精霊が来る感じ。その懐に何を持っているのか気になるところ。


12層でまた人数が減る。俺とディーンたち、あと知らないパーティーが下に進む。

1晩、2晩泊まって狩りをして、労力に見合う素材が出るのは12から14層あたりだそうだ。稀《まれ》に力試しとか、先人が見つけ損ねた素材がないかとか、崖を使わずに進む者もいる。

大抵は1回行ったら、あとは便利なショートカットという名の崖に向かう。下の層に確実に金になるものがあるのがわかってるからだ。大多数の冒険者は金を稼ぐ手段として迷宮に潜ってるだけだ。

12層の入り口、崖にぽっかり空いた穴で休憩。カロリー補給。食事でもなくおやつでもなくカロリー補給。

20層までのショートカットは、12層の入り口よりちょっとずれたところにある。降りてきた崖はずっと続いてるけど、20層に入れる入り口はちょっと離れているのだ。

休憩を終えて、また崖に戻る。

「ここは私が持ちましょう」

眼鏡が言って、腰に括《くく》りつけた袋をごそごそして、壁に何かくっつけた。

崖に一直線に広がるサイリウムみたいな淡い光。崖に張りつくように先人が作った道がある。随分昔に作られたもので、1メートルくらいの楔《くさび》が打ち込まれ、その上に目の詰まった丈夫な板が渡され、楔の何本かに1本の割合で鎖がついて補強されている。

壁に何かしていたのは、魔石をセットしていたのかな？　持つというのはその魔石の支払い、眼鏡の奢《おご》りってことだろう。俺の膝くらいの高さに伸びる淡い光、弱々しいけど真っ暗なここではありがたい光だ。

通路は冒険者ギルドが依頼を出して、傷んだ板の取り替えをしている。崖から斜めに伸びて楔を支える鎖は、安全のためとはいえ通行にはちょっと邪魔。俺とかアッシュとかは平気だけど、カーンとかね！

でもカーン、そしてディノッツォも、暗闇の中を猫のようにするりと抜けてゆく。執事に至っては普段と変わりない足取りっぽい。きっと涼しい顔をしてるんだろうな。

俺はというと、思わず通りがかりの風の精霊に片っ端から名付けたね。いざとなったら落下速度を弱めてもらおう。ギシギシしてるギシギシしてる。

不安定な足場から、また真っ暗な崖を降りてようやく20層に到達する。各階層を歩いてくるより断然早いけど、結構な緊張を強いられる感じ。俺が慣れてないだけかもしれないけど。

20層の入り口、崖の裂け目に入ってちょっと進んだところで長めの休憩。25層までは詳細な地図があり、比較的安全な場所もわかっている。

昼も火はなし。運べる荷物には限界があるので、燃料の節約だ。――【収納】持ちが狙われるってのがよくわかる。

でも松明代わりの草を巻いたやつから新しいやつに火種を移す作業はするので、樹皮を開いて中から出した古い方の草に、風を送って広い範囲を燃やす。処理してあるから燃え上がりはしないんだけど、干し肉をちょっとだけ炙《あぶ》って薄切りのパンを温めるくらいはできる。

温かいと味気なさがちょっと薄れるので嬉しい。なにせ20層まで降りたこの場所は、涼しいを通り越して少々寒い。

ちょっと一息ついたところで、眼鏡が立ち上がる。

「少し聞いていただきたい。知っているとは思うけれど、私は冒険者ギルドの副ギルド長イスカル。腹を割って正直に話すと、ここへは勇者の痕跡を調べに来た。そして精霊の様子からして、この階層から下は異変が起きている可能性が高い。慎重に進み、異変が確認できたら誰か速やかに上に戻ってギルドに知らせて欲しい。ギルドから、この層で3日活動したよりも多い報酬《ほうしゅう》を出す。場合によっては星も付与しよう」

星はギルドや国に貢献した証《あかし》、銀ランクに上がる際に必要になるし、何より名誉になる。

「そういうことなら俺たちのパーティーが知らせに戻るぜ！」

パーティーメンバーにつつかれ、すぐさま声を上げるお隣パーティー。

大丈夫、急がなくてもそれを受けるパーティーはいない。他は俺とディーンのパーティーだけだからな、俺はパーティーじゃないけど。

「そっちのお前も、何が起こってるのかわかるまで一緒に行動してくれ。ソロか？　なら窮屈でもこっちに混じってくれ」

「ああ」

ディノッソに誘われて返事をする俺。ようやく混ざれる……っ！

ちょっと眼鏡と他の依頼を受けたパーティーがびっくりした顔をしたのは、俺のことを認識してなかったからか。崖での会話は姿を見られてないし、もう忘れられてた感じ？　早いな。

それにしても、この忘れられる仕組みってどうなってるんだろ？　精霊が姿を現すわけでもなく効いている。神々に最初にもらった能力は全部そうだ。神々の力が強くて、力が及ぶ範囲なら姿を現すことなく使えるとか、もしくは眷属の力を借りてるのかと思ってたんだけど。

——地図の範囲外だった砂漠でも【転移】できたし、【収納】もできる。地図に出る範囲が俺の契約した精霊の縄張りって推察は間違ってるのか、もらった能力の発動条件がなんか違うのか。身体能力と同じ扱い……？

エンの【収納】は、リスが頑張って頬袋《ほおぶくろ》に詰めるんだよな。便利だけど、ちょっと仕組みが気になる。

それはそれとして。

『さて、ここで問題です』

『なんだ？』

『魔法使いのフリするのと、剣士のフリするのと、どっちがいいと思う？』

『フリ……？』

カーンに聞いたら困惑された。

『魔法が使えるのなら、魔法使いの方がいいのではないか？　——体型的に。今まで精霊が周囲にいない状態だったろう』

『……体型』

なんで俺、姿を決める時にヴァンの体型をリクエストをしなかったんだろう……っ。

平均的に見えるレッツェ、そのレッツェでさえ俺より背丈と筋肉があるという現実。背丈と筋肉というか、俺の見た目年齢が実年齢より2年分くらい幼い疑惑。いや、そもそもこの体は何歳なんだ？　髪や爪が伸びるんで、たぶん成長はしてると思うんだけど、育っている気がしない。

毎日牛乳は飲んでるんですよ……っ！

ああだが、カーンの言う通り、精霊を散らすことに神経使って、精霊を憑けとくの忘れてた。腕力が見た目以上にあることの説明に、精霊憑きですよ～の説明が使えない。いや、今まで認識されてなかったからワンチャンある。

そっと眼鏡の視線が他に向いた時に、風の精霊と光の精霊を1匹ずつ体の影に呼び寄せる。2匹ってことで、ディーンやクリスに憑いてる精霊や、アズより小さくした。

眼鏡に憑いてる白蛇くんの属性とお揃い。剣は城塞都市で買った魔鉄混じりの鋼だし、とりあえず剣士で行って、必要ならば眼鏡の魔法を真似る所存。

俺の魔法は、日本でやってたゲームのイメージを反映しまくってるからな。練習の時は精霊に左右されまくりだったし、最近は夜の読書や作業のための明かりの魔法しかまともに使ったことないし。たぶん使ったら怒られるやつ。

いざとなったら通りすがりのルフのフリをすることになってるんだけど、なるべく穏便に。あとディノッソたちに、普通に振る舞う練習だと思えって。いつでも俺は普通だと思ってたんだが、結構やらかしていることに、言われて気づいた現在。

で、探索の方は予想通り、ちょっと開けた場所の床に、溶けたような大穴を見つけた。狭い通路で魔法を放ったのか、両方の壁が削られているところ、ヒビの入った天井、礫《れき》に変わった床――俺でもわかる痕跡があちこちにですね……。

眼鏡がライトの魔法を使って詳細に調べている。って、使えるなら最初から使って欲しい。

「イスカル殿、使えるのは何時間ほどですかな？」

「他の魔法を使わずに済むのであれば、1日2時間ほどでしょうか。ここは光の精霊がいる場所ではありませんし、私の連れている精霊が回復するための光源も多くはございませんので」

執事の質問に答えるイスカル。正直に答えているか、余裕を持たせて答えているのかはわからないけど、短い!! 精霊にがんがん魔力渡せばいけるんじゃないのか……。

そして、20層にいるはずの魔物がおらず、拠点にあっちゃ困る装備が残されてた。

壁際に他よりも1メートルほど高くなった場所があり、そこが20層の拠点で、夜を明かすポイントだ。そこに、身につけているだろう装備以外の荷物がまるっと残されている。重いものを残して狩りに行くこともあるけれど、これはちょっとまずい。

「焚き火の跡が冷えていますね……」

眼鏡が灰に手を触れて言う。

放り出された、肌身離さず持っているはずの水筒。カップ、広げられたままの荷物。通常、何かあったらすぐに移動できるよう、迷宮内では荷物は使ったらすぐにまとめておく。それがそのままにされてるどころか、カップが転がり、食いかけの干し肉が落ち、ちょっと荒れた感じ。

そして長時間戻ってきた気配がない。

「イスカル、質問だ。ギルドが冒険者の情報を流すのは不本意だろうが、非常時だ。20層以降に今潜っている中に、精霊が見える者はいるのか？」

いつもより硬い声のディノッツソ。

「知っている限りおりません。城塞都市の冒険者に2人いたのですが、1人はアメデオのパーティーに引き抜かれて北へ移動、1人は引き抜きが面倒で雲隠れ中です。どちらかに内密に依頼できていればよかったのですが……」

問いに答える眼鏡。

「そうか……」

短く答えて黙るディノッツソ。

見えなかったのなら、取り憑かれ放題かな。自我があるモノには取り憑きにくいはずだけど、なんらかの方法で弱らせたとか？　勇者もローザ一味も迷惑すぎる。

「9人……2パーティー、いや、3パーティーか。1つは男女のペアだな。4人パーティーの方に魔法使いか呪術師がいる」

荷物をざっと確認したレッツェが言う。短時間でよくわかるな。

なお、眼鏡の話では、20層以降に先行しているパーティーは10組31人。そのうち25層以降に行く申請が出てるのが1組だそうだ。

「ここまで狩りに来るペアなら、ジャスミンの夫婦でしょう。慎重で、2人で補い合うよい冒険者です」

荷物を見つめながら眼鏡が言う。

「魔法使いなら、ビックスってのが他所《よそ》から来たパーティーの依頼を受けて、案内がてらの狩りに来てるはずだ。——なんかまずいことがあったんだな？」

名も知らぬパーティーのリーダーさんが、ディノッソと眼鏡を交互に見ながら聞いてくる。

「おそらく、勇者が高度な魔法を必要ないほど使い、黒い精霊が大量に生まれました。数が多いか、普通ではあり得ないくらい大きな精霊が黒く染まっている可能性があります。そして、取り憑くべき動物もなく、食らい合うか、同化を試みる魔物も倒されてしまった状態。——本来なら意思ある者には憑きづらいのですが……」

言葉を濁す眼鏡。

唾を飲み込み、ドン引きしている冒険者たち。弱らせる方向じゃなくって、物量で取り憑いてくることもあるんですか？

思わず山の『家』で初めて見た、窓ガラスいっぱいにぎゅうぎゅうにくっつく、大量の精霊を思い出した。潰される……っ！

迷宮の魔物や動物はどこから来るのか？　普通に棲みかとして移動してくる魔物もいるけど、図書館で学習した限り、なんか細かい精霊の流れが地中やなんかにあって、それに飲み込まれたり落ちたモノが迷宮に吐き出されるのだそうだ。

で、どんぶらこっこされてた間に細かい精霊を取り込みまくって、体内に魔石ができてるとかなんとか。

でもこれ、剣士だ魔法使いだ言ってられなくなったな。早めにひっぺがさないとやばい。せっかくパーティーに入ったのに、通りすがりのルフのふりしてソロのフラグが……っ！！！

いや、通りすがりのルフの顔してパーティーに入ればいいのか。よし、よし。

「銀ランクのベアでしたか、アノマ所属でしたね？　副ギルド長として改めて命じます。急ぎ上に戻り、20層以降の封鎖を。そして捕縄《ほじょう》と鉄籠をギルドに用意させてください。――今、指示書を書きます」

眼鏡が話しながら文章を書くという器用なことをして、書きつけた紙をベアと呼ばれたパーティーリーダーに渡す。

俺たちはカヌムの冒険者ギルドの所属だが、ベアのパーティーは城塞都市アノマの所属、つまり眼鏡の命令を出す権限が強い。依頼よりも強制力の強い命令に変更し、一刻も早くってとこかな。

「捕縄は精霊を捕らえる『精霊の枝』のものですか。取り憑かれた人ともども縛り上げて、鉄籠で地上に搬出されるのですね？」

執事が確認する体《てい》で、たぶん俺に説明してくれてる。精霊を捕まえる縄なんか売ってるのか。そういえばユキヒョウからそんなものの存在を聞いたような聞かないような……あれ、馬からだったっけかな。

結局今も、黒精霊は力ずくで捕まえてます。

「はい。城塞都市まで運び、『精霊の枝』で落としてもらいます。ベア、こちらは外の迷宮の管理の者へ。先ほどのものをギルドに届けていただければ、あとはギルドが対応します」

眼鏡が書き終えた2通目の書類を渡す。

「おう、報酬は弾んでくれ。人か荷物どっちか残してくか？」

受け取りながら了承するベア。

「報酬に上乗せしますので荷物を。精霊が見えるか、攻撃手段がないのであれば残るのは危険です」

眼鏡の返事に、パーティーに声をかけて荷物の選別にかかるベア。

数日泊まり込む予定で用意した物資の多くを残していってくれるらしい。軽い方が崖登りも楽だし、残る俺たちに余裕をってことだろうけど。冒険者、判断早いな！

「バルモア殿、依頼を受けてはもらえないでしょうか？」

「……こっちのリーダーはディーンだ」

親指でディーンを指すディノッソ。

俺たちは所属がカヌムで、城塞都市のギルドに滞在の届出もしてないので眼鏡も丁寧《ていねい》。一応銀ランクより上には強権を発動できるけど、軽々しくするものではない。相手が王狼だから下手に出てるのかもしれないけど。

「依頼の内容は先行した冒険者の救出。ディーン殿、ここにいらしたのは金ランク昇格のためと伺《うかが》っております。このパーティーのいずれかが、指定の人物を救出した時点において、ディーン・クリス両名の金への昇格を、城塞都市アノマの副ギルド長イスカルが支持いたします」

指定の人物。

誰か重要人物がいるから眼鏡が迷宮に来たってオチか、なんか萎《な》えた。指定の人物以外を助けて回ろうかな、などと考えてたら、眼鏡に目を向けたまま、レッツェが背中を軽く叩いてくる。

ちょっと思考を読むのやめていただけませんでしょうか？

「——顔がわかりやすうございます」

俺にだけ聞こえるように囁いてくる執事。

俺は無表情と定評のある人生送ってきたんだが？　２人は人生経験が豊富とか、観察が得意とかでわかるんだろうな。

「私もこの条件下で人命に優先順位をつけるのは好かぬ」

アッシュが小声で言う。

って、私「も」？　アッシュにも思考が読まれてる！

「誰でもいいと来たか。そりゃ気持ち悪いから遠慮しとく」

「私も同じく」

ディーンとクリス、口元が笑ってるけど笑ってない。

「救助はするが、指定の人物を優先するつもりはねぇな。俺たちにとっては全員等しく知らねぇ奴らだし」

うむ、ディーンの言う通り。

裏を返せば親しい人が混じってるなら、そっちを優先させる。その状況になってなお、平等に助ける人もいるんだろうけど。俺は断然ディーン寄り。

「申し訳ありません、焦《あせ》っていたようだ。前言を撤回いたします、改めて全員の救出を依頼いたします。ただ、それなりの装備か、魔法の使用が可能な方でないと先に進むのは難しいかと」

頭を下げる眼鏡。お、銀ランクに対して結構潔《いさぎよ》い。

眼鏡の評価が俺の中で乱高下している。

「装備はこれがある」

「――滞在中の勇者殿には漏らさないように頼むよ！」

そっとベアのパーティーに見えないよう、精霊剣を眼鏡にチラ見せする2人。

「おお……」

感嘆の声を漏らす眼鏡。

レッツェとアッシュ、執事は精霊武器のことはなるべく隠す方向だけれど、冒険者として上を目指す2人は別だ。ただ、アメデオが十分離れるまで、お披露目《ひろめ》は待つ方針だった。

アメデオは、新しもの好きな姉が精霊剣を欲しがった場合のスケープゴート。実際、ちょっと前までアメデオたちがいた城塞都市に偽物くんが来てるので、杞憂《きゆう》と笑えない。

というか、姉は性格的に剣より弓の方に興味持ってそうだけど。俺の流した剣とパーティーメンバーの持ってる弓の精霊武器、両方を巻き上げる方向で動くんじゃないかな。

アメデオたちが大々的に宣伝というか自慢というかをしてくれたので、こっちはこそこそしやすい。

「見る方は俺とカーンが。黒精霊が現れたら警告をする。憑かれてる奴らを見つけたら、どのあたりに憑いているか教えれば対応は可能だろう。補佐してもらうにも組んでるこいつらの方が動きやすい、こっちのパーティーは全員ここに残る方向だな」

なんだかんだ言ってディノッツォがまとめる。

俺は？

「そっちのあんたは剣士か魔法使いか？　魔法を使えるなら残ってもらえれば嬉しいが」

「ああ、使える。救出に参加しよう」

カーンから振られて乗りました。魔法使い決定ってことで。

「さて、そうと決まれば行動を開始しようか。まだ勇者がここを荒らしてから間がない。黒精霊の性質にもよるが、急ぎゃ間に合う。体内に潜っちまったら潜っちまったで、見えないディーンたちでも対応できるが、生け捕りにして連れてくるのは難易度高いからな」

ディノッツォが手を1つ叩いて言う。

動物と違って意思のある人間を乗っ取るのは難しい。最終的には体内に完全に潜り込んで一体化してしまうが、たぶんまだ一部だけ潜り込んで——いや、ここに戻ってないってことは意識は怪しいのかな？　半分以上潜り込んだ状態かもしれない。魔物化までしてないといいけど。

黒精霊単体なら、精霊武器や魔法で倒して終了。半分以上潜り込んでたら一部消滅させて弱体化したところを簀巻《すま》きか。物理では気絶させられないので、厄介。攻撃は効くけど、殺しちゃったらまずい。

あと、驚いたり嘆いたり、1つの感情に囚《とら》われると、その隙に一時的に入り込まれることもあるので戦う時は注意が必要だ。普通は黒精霊が向かってきたら黒精霊に集中するので平気——見えていればだが。

ということで、危ないのはディーンとクリス、そしてレッツェ。眼鏡には見えないことになってるのはアッシュと執事。俺はディノッソも知らないことになってるので謎のままか。

危ないといっても、別の精霊に好かれてたら入り込みづらいそうなんで、ディーンとクリスは平気かも。入り込みづらいというか、精霊と黒精霊で戦いになる。危ないのはレッツェか。

精霊剣持ってるから平気かな？　他と違って蔦《つた》ちゃんは自分の意思で動けるし。どうやらみんな大丈夫そうでホッとする。

レッツェから目を横にずらしたらアッシュが怖い顔。ディノッソが見えると紹介せず、庇《かば》われたせいで居心地が悪いのかな？　微笑ましくそう思ってたら、眼鏡がアッシュを見てビクッとして視線を逸《そ》らした。ああ、うん、怖い顔だものな。

『そういえば、そばに黒精霊が見えなかったら、片っ端から脱がせるのか？』

俺が精霊にローブや袖口《そでぐち》に隠れてもらったように、服に入り込まれると一般的には見えない。

『俺とベイリスには見える。精霊は物質界を透過して見ることができる、それぞれ自分の精霊に合図をもらえばいいだろう。捕まえたあとなら、俺が斬ればいいだけだ』

……あれ？　もしかして俺が見えることがおかしい？　そうだな、精霊はともかく、普通は服の下は見えない。俺も見えるのは精霊であって裸じゃない、裸の方も服と一体で透過気味だ。

もしかして、俺が精霊を見るこの能力って「人間の見える人」というより精霊に近いのか？

見えなくしたり、大きいのだけにしたり、精霊を見ることができる範囲を深く考えずに調整してたけど、これ物質界と精霊界を調整して見てる疑惑。

俺の体、そういえば精霊に作られたものですね。――結構精霊って自分の属性外のことには不器用というか関心がないのに、よく人間なんか作れたな。付加された他の能力もだけど。

自分の存在について考えると、深みに嵌《は》まりそうだからやめとこう。なんで生きてるんだろうって問いかけと一緒で終着地点が見えない。宇宙の存在でも気にしてた方が、夢見がよさそうだ。「此《この》天地の間には、所謂《いわゆる》哲学の思いも及ばぬ大事があるわい」だ。

「じゃあ、あんたはここに残って取り憑かれた奴を上に運び出す準備を。ここまで枝道はなかったし、魔物が1、2匹湧くかもしれねぇがそのくらいは平気だろ?」

ディノッソが確認するように言う。

冒険者ギルドのギルド長と副ギルド長は、冒険者上がりが多い。時々魔法陣は描けるけど実戦はダメです、って人もいるっぽいけど、どっちかは必ず強い。なぜなら強くないと従わないタイプが冒険者には多いから。

「ええ、20層でしたら問題ありません。魔物を動けなくする魔法陣を描いておきます。回復も少々使えますので、怪我《けが》をされた時はお戻りください」

あ、やっぱり回復魔法使えた。

なお、眼鏡も含めてここにいる全員が、先行者全て取り憑かれてる方向で会話している。

「――戦闘中のライトの魔法はそちらの方が使えますか?」

眼鏡は俺が憑けてる光の精霊を見て言ったのだろう、頷いておく俺。声は出しませんよ!

「時間が惜しい、もう行く」

ディノッソが言って、全員が立ち上がる。

「全員の救出をと申しましたが、ご無理なさらずに。ご武運を」

頭を下げて見送る眼鏡。

都市まで移送がとても面倒だけど、眼鏡は頑張る方向らしいので俺もちょっと頑張ろう。俺の中の眼鏡の評価が落ち着かないなあ。

そして気づいてしまった。ローザ一味って、憑かれた男を森で始末する気満々だったんだな。本当にたまたま見てなかった可能性もあるけど、もともと最初に憑かれてた男の様子が変だったのは気づいてたはず。

状況が悪化する前にサクッと解決する方向か。確かに討伐場所から都市まで運んでるうちに魔物化してしまいそうではある。

って、ディーン！　リーダー!!　結局ディノッツォが仕切ってるじゃないか！　そう思ってディーンを見たら、うきうきしてディノッツォのあとについていってってる。ファンはこれだから……っ！


「こっちにも引きずった跡がある」

カンテラの明かりに浮かび上がる一方向への筋。レッツェがあちこち確認しつつ追跡中。引きずった跡は幸い大きなモノではなく、線。抜き身の剣を引きずりながら進んでいるようだ。人間を引きずってるんじゃなくって何より。

精霊に案内させてもいいんだけど、大人しくしている俺です。最初の1人の状態を見てから行動を考える。目的は変わったけど、普通の冒険者の探索を満喫中。

レッツェが提げてるのは俺が作ったカンテラ。冒険者の間で、カンテラも見かけるようになってきた。形は真鍮《しんちゅう》の枠組みの中で直接ガラスを吹いたっぽい？　油の臭《にお》いと煤《すす》がひどいがカンテラだ。

鞄の時みたいに俺が冒険者ギルドに登録した商品なんだけど、あっという間に手抜き品が出回るというか、あり合わせで上手く作るなというか。馬鹿高いけど、城塞都市では人気だ。カヌムと違って、迷宮やら坑道やら暗い場所が稼ぐ場所だからだろう。

明かりの魔法は、魔力の消耗を防ぐため移動中は使わず、戦闘になったら使うのがセオリーだそうだ。まずは普通っぽい行動を学んでおけと言われた。

明かりの大きさは眼鏡を手本に。坑道の時のように広範囲を照らすのも普通ではないそうだ。

「相手は眠らねぇだろうし、3、4日の差があるからな。急いでもしょうがない」

いくつ目かの分岐を進んだところで、ディノッソの言葉で自分たちが寝る場所に向かう。

暗いので時間の感覚が狂いがちだけど、活動するにはきちんと食事と睡眠をとらないと。

「今何時ぐらいなんだろうな」

「7時くらい」

「7時ぐれぇだろ」

聞いたら答えが返ってきたんだが。

ディノッソとレッツェは大体同じ時間に食事と睡眠を心がけて、体内時計を普段から整えている模様。なるほどと思いつつ、俺も朝5時には起きられるぞ！　なぜならリシュとの散歩があるから。

2人と違って雨が降ってたらそのままごろごろし始めるし、散歩のあとに二度寝に入ることもあるけどな。

今回も早朝は抜け出させてもらって、リシュと散歩だ。

「ようやくまともな飯……っ！」

いそいそと用意を始める俺。

「この辺は、湿ってるから火の勢いがイマイチなんだよな」

レッツェがぼやく。

森で地面が湿っていたら、適当に太めの木を並べてその上に薪を設置する。でもここには運んできたものしかないので、そんな贅沢《ぜいたく》な使い方はできない。

「大丈夫、焚き火台作ってきた」

バックパックからA4サイズに折りたたんだものを2つ出して、展開する。Hみたいな形状になる簡単なやつだけど、スリット鉄板も抜かりなく。

「ジーン様……」

「お前……」

「さすがだよ、宵闇《よいやみ》の君！」

ささっと火を熾すと、呆れた声の執事とディノッソ。クリスには久しぶりに宵闇って呼ばれた。なお、レッツェら道具系は呆れるより興味が勝るらしく、黙る。

普通に焚き火するのも好きだけど、今回はそれができる場所ではないことを事前に聞いていたからな。

完全にキャンプ用品ですよ！　加工が思い通りな精霊鉄万歳！

「肉、肉」

ディーンが肉の塊《かたまり》を出してくる。

「焼くんでいいか？　切り分けてくれ」

「おうよ」

ディーンは肉に対する欲望には素直なので、やはり何も言ってこない。

かなり大きな塊で、塩もそこまで強くないようなので、１日目にみんなで食べるために持ってきたものだろう。

ディーンが肉を切っている間、俺はパンの用意。ビスコットと呼ばれる、焼いたパンを２つに割って、もう一度焼いて乾燥させたカリッカリの薄いパン。蜂蜜をちょっと入れてあるけど、甘味を抜いたラスクみたいな味。湿気ってると美味しくないので、軽く温める。

小麦粉も持ってきたけど、焼くのは時間がかかるので、保存用のパンを数種類用意してある。ナッツや乾燥果実入りのビスコッティとかも。

無塩発酵バター、カシスジャム、チーズの用意。

ニンニクパウダーと胡椒少々、焼けた鉄板で肉を豪快に焼く。豪快になったのはディーンの切り方のせいだ。スープもつけたいところだが、水の量に限りがあるんで控える。

「乾燥パンは大抵味がイマイチなんだが、これは美味いな」

「外でも変わらず料理上手だね！　これはワインが欲しいよ」

「うむ」

レッツェとクリス、最後はアッシュ。アッシュ、そのジャムの量は大丈夫なのか？　ちょっと心配になる。

「肉もいい肉なんじゃねぇ？」

「手伝ってもらうから、クリスと一緒に用意しました」

相変わらずディノッソに対して、微妙な丁寧語を使うディーン。

「やはり酒をもっと持ってくるべきだった」

「カーン様、それもどうかと……」

カーンは今現在飲んでるので、執事が困惑してる。

半分人間じゃないので、食事の必要はあまりないカーンだが、ワインは好物らしい。一応、干し肉とチーズ、ナッツも持ち込んでいるけど、荷物の大半が酒だ。

酒は利尿作用がある上、体内で分解するために水分を使うので脱水症状になりやすい。水が思うように飲めないここで、がぶがぶしてるのはカーンくらいのもの。

なんかディーンたちは、カーンが精霊のせいで、酒で栄養を摂取する体に変わっていると勘違いしているようだが、細かい精霊を取り込むだけでいい人だからね？

カーンには必要のない炭を運んでもらってるし、チーズは俺の希望のやつをいっぱい持ってもらってるので文句はないけど。まあ、ずっと砂漠で飲まず食わずずっぽかったし、食の楽しみができて何よりだ。

ズッキーニを輪切りにして、肉を焼いたあとの鉄板でじっくりとろとろになるまで焼く。オリーブオイル追加。両面焼いたらセミドライトマトとチーズを載せて、皿を蓋《ふた》にして蒸し焼き。塩と乾燥パセリを少々。本当は生のトマトでやりたいところだが、さすがに持ってこなかったので。

「初めてジーンと一緒に出かけた時は、田舎に引きこもってる間に、冒険の仕方も変わったんだなって、焦ったんだよな」

しみじみ言うディノッツソ。

「現役の頃とほぼ変わっておりません。ジーン様がおかしいだけでございます」

笑顔で執事が言い切る。

「便利で美味しい方がいいだろ」

こっちの麻袋担いで冒険に！　って方が信じられなかったよ、俺は。

「この焚き火台だっけ？　なんか火力強くねぇ？」

ディーンが言う。

……。

「ちょっと待て、なんで目を逸らす？」

レッツェが半眼で聞いてくる。

「追及は却下します」

こういうものを作るのは炉を使うんですよ……っ。炉を使うと覗《のぞ》きに来る神《ひと》がですね？　これでも最初にできたやばいやつは置いてきたんです。

あれです、火属性のディーンの脇のあたりをちょろちょろしているトカゲくんと、ディノッソのドラゴンくんが興味津々なせいですよ、きっと！　俺のせいじゃない。

「む……オオトカゲくんの皮でもちょっと冷んやりするな」

防水なんだが、横になると肩とか尻とか体重がかかる接地面が若干冷んやりする。飯を終えて、さっさと寝る態勢だ。

「普通とは雲泥《うんでい》の差なんだがな……」

「うむ。十分快適だと思うのだが」

レッツェとアッシュ。

「あんまり中身を詰めすぎると持ち運びがかさばるし、難しいな」

キャンプならばウレタンマットにアルミシート、森ならば落ち葉や苔や杉の葉とかを敷くところだが、ないしな。

「なんだ、寒いなら添い寝してやろうか？」

笑いながら言ってくるディーン。

「いらん。いざとなったら暖房はある」

「あるのかよ」

即答したらレッツェからツッコミが入った。

ローブコートに冷暖房完備です。同条件で進むつもりなので、今は使ってないけど。あとアッシュ、布団めくった状態で憮然とした顔するのやめてください。自分の性別思い出して……っ！

執事がそっと布団をかけ直してアッシュをしまう。

本日の見張り番はディノッソ、カーン、俺、執事、アッシュで交代。黒精霊が出たら、クリスとディーン、レッツェでは見えないからだ。

カーンは寝溜めができるらしく、普段はほとんど睡眠をとらなくてもいいんだけど、そこは頼りきりにはしない方向で。

俺は見張り番したら『家』に帰ってリシュの散歩なので、さっさと寝る。獣の気配に怯《おび》えて寝た日々に比べたら、快適なので普通に熟睡できる。

完全とまではいかないまでも遮熱《しゃねつ》機能のついた素材ないかな？　ついてるとしたら寒いとこの素材か。あれ、エクス棒の実家周辺に魔物素材があるような？　よし、帰ったらチェックしてみよう。

などと考えているうちに眠くなった。おやすみなさい。


カーンに起こされ、のそのそ交代——だがカーンは起きている模様。

「寝ないのか？」

「寒いからな」

……。

「早く言え！」

そう言えば砂漠在住だったよ、この人！　というか、寒いのになんで半裸っぽい格好なんだよ！　もしかして酒をかぱかぱやってたのは寒いからか？

正しくは半裸にマントを羽織ってる感じ。

「魔石持ってるか？」

「あるが？」

マントを奪って、俺の封筒型の寝袋を開いて被らせる。あーあー、【収納】は使わない方向なんだけど、インクとペンがない！　いや普通のはあるけど。

ああ、とりあえず1週間くらいもてばいいか。

燃料の節約のため細々と火を保つ焚き火台に手を突っ込んで、指先に炭をつける。炭に魔力を流して、簡易的な魔法陣用のインクに変える。インクにも色々種類があるし、相性もあるけど、炭なら火との相性は悪くない。

描くのは暖房の魔法陣。いや、正式にはそんな名前じゃないけど。ペンがないせいか、いつもより流す魔力が安定しないが、まあしょうがない。

慎重に描いて、続いて魔石から魔力を流す陣を描く。んで、あとは普通の針と糸でちくちくして、魔石を入れる小さなポケットをその陣の上につけて完成。

「ほら、ここに魔石入れて着てろ。帰ったらもうちょっとまともなの作るから」

マントを突き出す俺に、片眉を上げて黙って受け取るカーン。

太い指で器用に魔石を扱って、セットして羽織る。

「――即席でこれができるのか。お前は俺の主人のはずだが、代わりに見張りを命じて寝ていたらどうだ？」

「パス」

「よくわからんな。力もある、資格もある、王になりたくないのか？」

「面倒」

精霊や黒精霊みたいに完全放置しててていいならなってもいいけど、はっきり言って人の王になっても意味がない気がする。島だって社交というか人間関係はほとんど丸投げなのに。

「男子の本懐《ほんかい》だと思うが」

顎に手をやり一撫《な》でするカーン、髭《ひげ》が伸びたのか？

「俺だって、寒がりなのに半裸で寒いところについてきてるのわからん」

「特に動けんわけでもないしな。動きを妨げたり、張りついてくるような服は好かん」

価値観の相違が。そういえば日本でも上だけ厚着して、頑《かたく》なに下が短パンな奴がいたな。

俺の視界に、不条理に死んでいく人や、不快な環境にいる人がいなければ、あとはどうでもいい。逃げる準備をしながら人と関わっている。

1人の時は好き放題してるし。そしておそらくそれを知ってて、ここにいるみんなは普通に過ごせって言ってるんだと思う。なんかカヌムから離れている時間が長いと、自分が人間なのか怪しく感じる時がですね……。それはそれでいいかとも思うんだけど。

ぐるぐる考えつつ、生地をこねる俺。朝ご飯はオリーブの実とドライトマトを入れたフォカッチャにしようかと。フォカッチャは卵も牛乳も使わない、平たいパン。

30度で1時間ほど、倍に膨《ふく》れるまで1次発酵。ガス抜きしたらもう1回発酵。とりあえず1次発酵をさせて、リシュの散歩に行ってる間に2次発酵の予定。

「ちょっと失礼」

カーンのマントをめくって1次発酵のポジショニング。この辺の温度がちょうどいいだろうか。

「お前、下僕の使い方がおかしい」

なんかカーンが言ってるけど、下僕じゃなくても使えるものは使うぞ。

朝食の仕込みをし、道具の手入れをしながら過ごす。コウモリを斬ったというか、叩き落とした剣をチェック、ローブコートや背負っていた装備に綻《ほころ》びがないか入念に。いざという時に引っかけたり、荷物をばら撒いたりしないように。

道具のお手入れはレッツェに教えてもらった。

「そのあたりはマメなんだな……」

カーンが微妙な声音で呟《つぶや》く。

執事が起きてきたので『家』に戻ることにする。場所をしっかり覚えておけば戻ってこられるけど、人がいる場所にはダメ。なのでちょっと離れて——。

その前にフォカッチャのガス抜きをして2次発酵です。

「……お前」

「ジーン様……」

微妙な顔をするカーンと執事を無視して、またカーンのマントをごそごそ。

マントの下が大工の腹がけみたいなのと、脛《すね》での布を腰に巻いてるだけ。嬉しくないことに太ももあたりで片側が割れているので、パン種を入れる方向に気をつけないと事故る。なお、パンツの有無は聞いてない。

さて、今度こそリシュとの散歩。

まだ暗い中、山野を走る。あちこち寄り道しながらゆっくり歩くこともあれば、今日みたいにダッシュで距離を稼ぐこともある。まあ、リシュは小さいから、俺の方は早歩きか走るかの中間くらいな感じだけど。

畑と果樹園をリシュと一緒にゆっくり見回って、あっという間に時が過ぎる。リシュはどうも森の聖域以外は外に行きたくないらしい。カヌムの家にも1回連れていったことがあるのだが、確認したら満足したのか声をかけても行きたがらない。

調子が悪い様子はないんだけど、この神々が張った結界のある『家』と、かつての縄張りだったらしい森の聖域と——もしかしたら黒精霊とか魔物と戦って勝てる自信がないからかな？

転げるように走るリシュは可愛い。一緒にあちこち行きたいけど、無理強いをするつもりもないのでお留守番。がしがしと撫でてから迷宮に戻る。

「ただいま」

「お帰り」

「お帰りなさいませ」

「……おう」

執事はアッシュの番になっても、そのまま起きていたのかな？

「いいかな？」

ごそごそとフォカッチャのパン種を取り出す。カーンがすごく迷惑そうだが諦めてもらおう。

四角く伸ばしてホットサンドメーカー——というには少々でかいが——に詰め、オリーブオイルを塗って、セミドライトマトを並べ、黒オリーブの輪切りを間に。チーズを削ってかけたら、バジルと塩を少々振りかける。

小さくしていた火を掻き立て、焼く。昨日の肉の残りを温め直し、湯を沸かしと、火の回りは色々なものがぎゅうぎゅう。

「おう、いい匂いだな」

ディノッソが起きてきて言う。

「次、焼くから食っちゃってくれ」

フォカッチャは焼き立てを8等分して2個ずつ。レッツェが起きてきたが、少々待ってもらおう。

「なんでノートは微妙な顔してるんだ？」

「いえ……」

レッツェの質問に視線を流す執事。

「またジーンが人にできないようなことやらかしたのか？　おお、美味いなこれ」

ディノッソがフォカッチャにかぶりつく。フォカッチャと肉の他は執事が出してくれた、チーズと干しイチジク。

「いえ、できるかできないかで言えばできるのですが」

執事の泳ぎまくる視線が、自分の分のフォカッチャで止まる。

ほかほかと湯気を立てるフォカッチャ。自分で言うのもなんだが、ここは少々冷えるので美味しそうに見える。

「まあ、肌にくっついていたわけではなさそうですし……」

覚悟を決めた、みたいな顔をして食う執事。アッシュはとっくに食ってるのに。

「美味しゅうございます……っ」

不本意そうに言うのやめてください。

「物足りなかったら肉を挟んでどうぞ。パサついてたらこれかけて」

なにせ肉は昨日の残りの焼き直しだ、オリーブオイルを出しておく。

陶器の瓶《びん》の胴を割れないように布で包んである。俺の作った、鈍器《どんき》に使えそうな薄いくせに割れないガラス瓶もあるんだけど、自重してカヌムで買った普通の陶器の瓶だ。

次が焼き上がった頃にディーンとクリスが起きてくる。

「この赤いのはトマトだっけ？」

「そう」

レッツェは物の名前を覚えるのも早いようだ。

「あんま、出回ってないの人に出すなよ？」

「自分が美味しく食っといてなんだが、他人がいない時だけにしとけ」

レッツェとディノッツォが釘《くぎ》を刺してくる。

「はい、はい」

南の方では観賞用として少し流通してるけど、こっちにはまだない。毒リンゴとかって呼ばれて毒扱いだし。確かにナス科は毒があって、トマトもトマチンというなんとも言えない名前のアルカロイド系毒素があったはず。トン単位で食わないと効果がないけど。

早くトマトや茄子を広めねば。ジャガイモは海沿いの国にちょっと入り始めた。まだ俺の知ってるジャガイモより小さくて色もサツマイモみたいな赤みがかったやつだけど、ナルアディードからの船便だ。

たぶん、来年あたりは俺が売りつけたやつが出回るんじゃないかな？　俺が種イモを売りつけたあの商人、頑張って増やしてるらしいし。

「ほどよい酸味と甘味でございますね」

「うむ、塩味《しおみ》もいい」

執事とアッシュ。

「肉に合う野菜は大歓迎！」

フォカッチャをナイフで器用に割って、肉を挟めるだけ挟んでがぶりとやってるディーン。

「ここで朝から温かいものが食べられるのも素晴らしいよ！」

執事が淹れたお茶を抱くようにして、もう一方の手でフォカッチャを食べるクリス。ん？ クリスも寒がりか？

カーンほどじゃなさそうだな。あとで希望を聞こう。

「さて、腹も満たしたし真面目に行くか。ノート、地図くれ」

「どうぞ」

ディノッソに地図を差し出すノート。

「引きずった跡をレッツェが見つけたのはここところ。こっからこの方向に向かってるな。黒精霊に憑かれても、容れ物の目的に引っ張られて行動することが多い。俺ん時は精霊苔と穴狼《あなおおかみ》だったが、今の20層で金になるのは何だ？」

「精霊苔は今じゃ24層以降にしかねぇ。穴狼は変わってないが、勇者のお陰でいないな。荷物にハンマーあったろ、魔銀《まぎん》が少し採れるところが何カ所かある。跡からいうとここか」

レッツェが答えて地図の一点を指す。

「おう、じゃあそこ目指そうか」

そういうことになった。

カンテラを持って、暗い中を進む。今回は地面や壁面に目を向けることなく、早足で。

しばらくすると、ディノッソが片手を広げて止まれのポーズ、人差し指を口の前に持ってくる。レッツェがカンテラの火を消す。

そっと進むと、声が聞こえてくる。

「いやあ、なかなか出ないね」

「銀の出る層に当たればザクザクよ」

「城塞都市で魔銀を扱える鍛冶屋でいいところ、教えてくれ」

「おうよ、任せとけ」

どちらかというとご機嫌に明るい声音で会話をしている冒険者たち。でも壁を崩すノミや金《かな》槌《づち》、ツルハシなんかの音はしない。その前に、真っ暗なのにどこを掘ってるかわかるのか？

会話の合間に小さな音が響く。あ、やばい。――この人たち素手で石壁を掻いている。

「1、2、3……9人全員いるな」

小声でディーンが言う。

怖いんですけど。俺の他は全員平気なのか？　マジで？　泣かないけど、そわそわと挙動不審になるぞ、俺。

「失敗するかもしれないけど、ちょっと私に任せてくれるかい？」

何か思いついたらしい、クリスが言う。

「おう。だが、戦闘になった時のために、半分の取り憑かれている位置だけ伝えとく。全部向かって見た位置な。右の女は右肩、一緒にいる男は左肩。魔法使いは肩甲骨の真ん中、緑の髪の奴は右脇腹」

ディノッツォが言う。

「暗くて見分けが女とでかいのしかつかねぇ。魔法使いは戦い方でわかるかな」

ディーンがぼやく。

「ああ、精霊が見えないと、シルエットも見えねぇか」

俺以外は、野良精霊の見え方が淡い光の玉に見えるのが大半だそうで……。黒い精霊も黒く淡くもやもや光ってるんだそうだ。で、人のシルエットが精霊に近いとこだけ浮かんでる、らしい。

「大丈夫、カンテラを貸してくれるかい？」

「ああ」

クリスもカンテラは持っているが、荷物にくっつけてるので、レッツェが使っていたのを借りて火を入れる。

「やあやあ、こんにちは！」

いきなりクリスが９人に話しかける。

「……」

会話が止まって嫌な気配が漂う。物理的には全く負ける気はしないけど、雰囲気に負けてる俺がいる。斬っちゃっちゃダメですか？

クリスが襲われたらどうしよう？　自分で引き受けた方が絶対心穏やか。

「魔銀は掘れたかい？　お望みなら僕と仲間が、魔銀がたくさん掘れるおまじないをかけてあげるよ！」

クリスが魔銀という言葉を出したら、ザラザラとした気配が引いた。

「……魔銀、たくさん掘れるのかい？」

「もちろんだとも！」

それでもやっぱり異様だけど。

「では並んでくれるかな、名前を教えて欲しい。名前によって、おまじないをかける場所が違うんだよ！」

にこやかに告げるクリス。

「レディファーストで君から」

「ジャスミンよ」

「おおジャスミン、君は右肩だね！」

黒精霊が顔っぽい場所を歪《ゆが》めたが、まだ人の意識というか欲望の方が強いらしい。

そして人としても欲望優先で、この状況がおかしいと思わないらしい。

「あ、おまじないは全員に一気にかけるからね！」

名前を聞くのは建前で、クリスとディノッソと2人で精霊が見えやすい――斬りやすいように向きを変えさせる。

10組31人。残り7組、22人。

8対9だから、あっという間に済んだ。そして転がる、気を失った9人。これ運ぶんですか？

カーンが肩に2人、レッツェとディーンも2人、アッシュ、ノート、クリスが1人。俺はカンテラで足元を照らし、ディノッソはいざという時のために手ぶら。

「やっぱり俺も運ぼうか？」

「お前は魔法使いだろうが、大人しくしとけ」

レッツェに申し出たら断られた。

「何を警戒している？」

カーンが聞く。

「副ギルド長、というより城塞都市の冒険者ギルドは為政者《いせいしゃ》寄りなのよ。勇者と同等の力があると知れたら、対勇者の駒としてこいつの囲い込みが始まるのが目に見えてる」

ディノッツォが手をひらひらとさせながら答える。

人を助けて助けっ放しにできればいいけど、上手くやらないとおまけもたくさんついてくる。ローザ一味だけでも面倒なのに、国やらギルドやらの組織が絡んできたら身動きが取れなくなる。

逃げられるけど、「人助け」を前面に出されるとか、人質を取られるとか。その場合狙われるのって一番弱いところ、ティナとバクとエン。

「ジーン様とは他人のふりをさせていただきましたが、私どもを調べれば1人足りないのはすぐわかるかと」

ああ、8人で来たのに1人欠けた迷宮探索だもんな。

もし俺に目をつけて探す場合、俺の手がかりがない以上、迷宮内で一緒に行動していたディノッツォたちを調べるのはあり得ることだと、執事の言葉で思い至る。

カヌムから【転移】も使わず足跡残しまくりで来ているので、もうちょっと気を引き締めよう。なんとなく自重はしてたけど、危ない感じ。

「俺が宿の予約なんか取っちまったからな。自分の名前しか言ってねぇけど、門で冒険者タグ見せてるし、その気になりゃすぐに繋がっちまう」

レッツェが嫌そうに言う。

執事は冒険者タグを俺が知ってるだけで3つ持ってて、使い分けてるっぽいけど普通はそんな人いないからな。

などと俺の名前と身分が増えてることは棚に上げる。ソレイユ元気かな？『精霊の枝』には気づいたかな？

「予見は無理だ」

「俺も1人で入るのなんかやだぞ？」

アッシュの言葉に思考を戻して、レッツェに言う。

「こいつ、目の前で人が死ぬのは無理らしいからな。気を抜くと死なせないためにやりすぎる。そりゃそれでいいけど、それで目をつけられて利用されるようになったら、ある一線を越えたら爆発して城塞都市を更地にする未来しか見えねぇのよ」

あ、ディノッソひどい。

ディノッソの話じゃないけど、俺は目の前の人は助けたい気がするけど、その他大勢の圧政に苦しんでいる人とかはどうでもいいかな？

そこまで俺は万能じゃないし、他人の人生に責任持てるほど偉くない。

普通に寿命がある状態で勇者召喚《しょうかん》されて、世界を救えって言われたら自分たちでなんとかしろと断るな。だが、姉たちは寿命をもらっているので、この世界のために馬車馬のように働かせて欲しいところ。

などと気を紛らわしているんだが、ちょっと担がれてる奴らの指先が怖くて見られない。想像するだけで痛い……っ！　迷宮の岩壁にホラーな跡がですね？　どう考えても指は大変なことになってますよね？

大丈夫、眼鏡が回復してくれるはず。いっそもう俺が【治癒《ちゆ》】したいくらいなんだが、頑張って自重中。俺だけでなく、今までの行動を無駄にしてしまうのは嫌だし。

そして2人抱えても、全く足元が揺らがず速度も変わらない面々。やっぱり精霊の影響って強いな、カーンとディーンは体型的にも納得だけど。それにレッツェもすごくないか？　精霊なしだよね？

こっちの人ってこれが普通だろうか。そういえば昔の日本人も、米俵の60キロを担ぎ上げてたんだよな。しかも両肩に1つずつ。

「そういえば、この人たちって地上に鉄籠で上げるんだよな？」

なんかすごく大変そうだが。

「そうだな。ギルドとしてはまず、物資の調達をしてそれを鉄籠で降ろすとこからかな――食い物と薪もだが、精霊避けの馬鹿高い軟膏《なんこう》とか、さらに下に降ろすための鎖とかかな？」

だからレッツェは俺の心を読むのをやめろ。完全に食料と薪しか思い浮かばなかった。

「さらに下？」

ん？　なんで？

「鉄籠降ろすにゃ、重さを軽減させたり支えたりする精霊憑きを雇う。冒険者つうより、普段は荷下ろし荷運びで働いてる奴らが多いな。その人足の護衛に冒険者を雇ったり、結構準備が要《い》る。ギルドとしちゃ、せっかく魔物が少ないんだ、金がかかっても今のうちに下の層の崖の入り口を見つけて、足場を置いときたいだろ」

「一般的に下の層の方が魔物が強く、素材も高く売れますので、今持ち出しが多くてもすぐに回収できるでしょう。大金を支払い、神官を呼ぶ場合もあります」

レッツェの説明を執事が補足する。２人とも同じ予想らしい。

「あー、確かに。こんなチャンスは滅多にねぇだろうし、魔物が少ないうちに大規模探索すっかもな」

「１に下層への新たなショートカット、２に拠点の選定と地図作成、３に鉱脈探しってところだね！　新たなショートカットが見つかったあとは、冒険者も増えてお祭りになるんじゃないかな」

ディーンとクリスも同じ。

逞《たくま》しいというか、合理的というか。冒険者は多少危険でも、チャンスがあれば乗る。我先に金になる情報や、素材を求めて突っ込んでいくんだろうなあ。

黒精霊に憑かれてるだろう面々も、勇者のあとなら大きな魔物は倒されたのだろうと、皮算用したパーティーが間を置かずに深い層に来たくさいし。

そういえばレッツェは、魔物素材でないなら採掘採取系のポイントが目的地だろうってことで、もともと当たりをつけて痕跡を探してたんだって。確かに探すべきところがわかってないと、ランタンの明かりで見つけるの大変だよな。


ズンズン歩いて、眼鏡の元へ。

「もう見つけたのですか？　すみません、こちらへ」

ちょっとびっくりしたような眼鏡の誘導についてゆくと、床に描かれた魔法陣がランタンの光に映る。

粉？　俺の知らない魔法陣用のインクがあるというか、地面に直接描く用のインクとペンがあるのかな？　グラウンドのライン引きだったら笑う。インクは踏んでも石灰みたいに広がったりせず、粉っぽいのに地面に染みているようだ。

「この魔法陣は通常、黒い精霊と戦う時に身動きを封じるために使うものです。迷宮に入る前に、物資の準備や神殿への根回しを秘密裏に進めておりましたし、鉄籠もすぐ届くと思います」

人足揃えて、人足のご飯揃えて、物を揃えてって、時間かかるのかと思ったら根回し済みだった。

「この中に入っていれば、私も気を抜いても、黒精霊に憑かれることはありませんし……」

ん？　微妙な言い回しだな？　眼鏡って精霊見えるって話だよね？

「勇者が早く移動してくだされば、おおっぴらに動けるのですが」

「いっそ勇者に救出依頼しちめぇよ」

ディーンが、肩から下ろした冒険者をちょっとぞんざいに横たえながら言う。

「それで風の精霊まで使い潰されては、最悪何年も迷宮に入れなくなります」

眼鏡が困ったように言う。

さては酸素がなくて呼吸困難ですね？　わかります。

風の精霊は好奇心旺盛で力を率先して貸してくれたりするけど、逃げ足も速い。同族が使い潰されたのを見た途端、逃げ出す。精霊はいる場所にこだわりがあったり、動けなかったりもあるけど、風の精霊にはそれはない。

「それに正直、あの勇者には近づきたくありません。シュルムの動きも気になるのは本当ですが、あの勇者は相対していると空虚なものに飲み込まれるような——とにかく気持ちが悪い」

え、ちょっと！　俺なんですけど？　偽勇者、印象の評判ひどくない？

「全員が指を痛めている。手当てを」

「指、ですか？」

アッシュが眼鏡に手当てを促す。

「魔銀を素手で掘ろうとしていたのだよ！」

「……そういえば、魔銀が出るのはこの層からでしたね」

クリスの言葉に納得して治療を始める眼鏡。

「我が精霊たるネフェルよ、この者を回復せよ」

白蛇くんはネフェルか。

背中から腕を伝い、眼鏡が指し示す先、ちょっとモザイクをかけて欲しい冒険者の指に向かう白蛇ネフェル。

途中で止まって、眼鏡の手首をがぶっ。こんなところかな？　みたいな顔して、口を離し、
今度は怪我人の指をがぶっ。

噛んでる。白蛇が噛んでるんですが、それで治るの？　それが回復なの？

「どうなってるんだ？」

「呪文と共に、精霊がイスカル殿の腕を伝い患部を包んだ。指を包む前に少し精霊の光が止ま

ったが、魔力の補充だろうな。どうやら回復の魔法は、契約精霊を使うらしい」

レッツェにディノッソが起きていることの説明をする。

ソウネ、自分の契約精霊はともかく、精霊の姿は光の玉に見えてるんだったね。がぶがぶしてるのを知っているのは眼鏡だけか。

執事はアズの姿が青い小鳥だと認識できるようになったそうで、精霊が認めると契約者以外にも姿が見える。見える能力が絶望的にない人もいるようだが。ちなみにアッシュは、その辺にいる精霊の色と形はなんとなくわかるそうだ。

見られるのを嫌がる精霊もいるし、本当に見え方は色々だが、一般的には淡い光の玉に見えることがほとんどだそうだ。

次々に回復してゆくネフェル、そのたびに美味そうに眼鏡の魔力をすする。——目が合った。おい、目が合った瞬間、やべって顔して眼鏡から口を離してそそくさと治しにかかるのやめろ。どう考えても多めに魔力食ってたろ！

「すげぇな。回復は何度か見たことあっけど、時間が経った傷って難しいんだろ？」

ディーンが感心して言う。

「傷の上に傷をつけ、新しいものになっていましたから。回復は制御が難しいのですが、後半は上手くいったようです」

そう答える眼鏡。

制御っていうか、躾《しつけ》っていうか。そっと眼鏡の頭の陰から「バレてる？」みたいな顔して覗いてる蛇《へび》がですね……。俺に関係ないし、眼鏡を好きなだけがぶがぶおし。

って、今噛むの⁉

やったー！　って感じで、眼鏡の首筋を、大口を開けてがぶっと。

「下弦《かげん》の……副ギルド長殿⁉」

ふらついた眼鏡を支えるクリス。眼鏡に下弦の月の君とか形容詞つけたのか？

結局、精霊が見える相手を名前で呼ばず何かに置き換えていることを、クリスに話した。本人は完全無意識だったので、驚いてたけど。

「……すみません。後半は上手くできたと思ったのですが、魔力不足のようです」

いや、回復関係ないそれ。

って、精霊って、俺が考えてることをある程度読むんだったなそういえば。がぶがぶやめてあげなさい、倒れそうだから。

終わりか～みたいな感じで、眼鏡の髪の中に引っ込んでゆくネフェル。そこが寝床か。

本当にどういう契約《しつけ》してるんだ？　ただ憑いてるだけ？　俺の顔《ひと》色を見ながら、魔力吸っちゃうのはまずくない？　眼鏡はネフェルのこと見えてるんだよな、飼い主？

眼鏡を荷物にもたれさせ、遅い昼。上に伝令に行った冒険者の薪や水などの荷物を自由に使っていいとのことで、ちょっと嬉しい。あとから鉄籠で追加が来るそうだ。

俺たちは炭を用意したけど、上に戻った冒険者たちは重い薪を運んできたようだ。

さすがに焚き火台を出すわけにはいかない。好きに使っていいと言うので、平行に並べて火床を作る。注意は、火口《ほくち》を濡らさないこと、火によって濡れた地面から水蒸気が上がり、火が消えるのを防ぐこと。

レッツェが布を炭化させた燃えやすい火口を出してくれる。細い枝を上に置いたところで、今度はクリスがランタンから麻縄《あさなわ》に移した火で点火。あとは薪を徐々に大きくしてゆけば大丈夫。

ディノッソとディーンは遠慮なく冒険者の荷物を漁《あさ》って、水と干し肉を出してきた。カーンは薪を火床のそばに積む。

執事が湯を沸かし始め、クリスとアッシュは眼鏡に分厚いマントをかけたり、体勢を楽にさせたり。――その冒険者が置いていったマント、虫がいそうなんですが、大丈夫ですか？　顔までかけてるけど、顔中刺されない？

昼飯は眼鏡を気にしつつ簡単に。ああ、マントは見えないように視界を塞いだのか。これなら多少粗相《そそう》しても、気づかれる前に誰か止めてくれる。

温かいシチューを作りたいところだけど、ジャガイモは封じられている！　固形ルーもどうだろう？　コンソメパウダーがギリギリっぽいかな。

お湯にコンソメパウダーを入れて、乾燥キノコと玉ねぎを放り込む。そこにちょっと怪しい冒険者印の干し肉を刻んで入れる。

レッツェがもう焼いて燻してある鱒《ます》を温め、執事が日もちのする硬いパンを取り出す。

鱒は手で背をちぎると、繊維状にほぐれて結構食べやすくて美味しい。スープは執事ジャッジを経て、鱒と共に眼鏡の元に届けられた。

「これは美味しい……。温かいのも嬉しいですし、優しい味だ」

この眼鏡、面倒がって焚き火を熾してなかったようだ。

ライトの魔法もあるし、自分で描いた魔法陣の中にいれば眠っても安心、だから湿ったところで苦労して火を点ける必要がなかったらしい。いや、魔法陣を描いて力尽きたのかな？

水がある贅沢、執事が入れてくれた食後のお茶を飲む。

昼休憩を終えて、また奥へ。冒険者は未知なる発見を求め、危険な道なき道を踏破する者たち——も、いるけど、大抵は他の仕事に就《つ》けなかった体を資本にする脳筋の集まり。得た情報から、取れるものの価値と自分の安全とを秤《はかり》にかけて金を稼ぐ商売だ。

そういうわけで、夕飯を食った拠点までは足早に進み、そのあとは金儲けの現場に続く分岐のたびに、レッツェがあたりを丹念に調べながら進む。

新しい傷、ローブを引っかけたような服の繊維、誰かが踏んでひっくり返したらしい石の色。

「ずっと下になっていた面は色が濃いだろ」

説明してくれるレッツェ。言われればわかるけど、まず気づくのが難しいです先生。

「下が土ならもう少し簡単なんだがな。でも、結構痕跡を残してる。ぶつかっても何をしても気にしねぇらしい」

わかるのはレッツェだけだから。いや、執事もわかってそう。

2人みたいに認識できるものがたくさんあると、世界が広がって楽しそうだけど、そこまでの道のりが遠い！

20層で他に2組を、それぞれ別な魔銀の採掘ポイントで発見。そのうちの1組は、黒精霊の気配もなく正気だった。普通に道具を使って掘ってたしね！

正気なパーティーには、当たり前だが自力で眼鏡の元に行ってもらう。事情を知ってびくびくしてたけど、道中は魔物も黒精霊の気配もないから平気だろう。

20層に来るには実力不足の自覚があったけど、勇者のあとだからって初めて降りてきたんだそうだ。魔銀がちょっとだけ掘れたらしく、仲間に自慢すると嬉しそう。

今日の2組目は、指先が例のアレです。ちょっと慣れた、慣れたけど嫌すぎる！

たぶん、夕食の時間は過ぎてる頃、眼鏡の魔法陣に、黒精霊に憑かれたパーティーを放り込む。眼鏡を手伝って荷ほどきしていた2組目からお礼を言われる。

何人か新しい顔もいて、上から垂らされたロープを固定したり作業中。どうやら鉄籠を降ろす準備をしているようだ。

魔物が復活するまでに、急いで作業を進めようとしてるのかな？　夜も昼もなさそうだ。

「さすが早いですね」

眼鏡が言う。

「相手すんのが早いんじゃなくって、見つけんのが早いんだよ。精霊が見えなくても優秀よ」

ニヤッと笑ってディノッソが言う。

あと運ぶのも早いぞ。力持ちいっぱいいるからな。

「間に合ったと言うには微妙ですが、黒精霊を捕らえるための装備が届きました。お持ちください」

準備していたのだろう、人数分に小分けにした縄や符《ふ》を、眼鏡がそれぞれに渡してくれる。

「次来るときゃ、物資の補給も可能か。水が好きに使えるならありがたいな」

「それは保証いたします」

ディーンが作業を見ながら言うと、眼鏡が請け合って笑った。

また指先の回復のためにがぶがぶされている眼鏡を置いて、さっさと他の拠点に移動する。夜飯《よるめし》は普通に食いたいし、どうやら夜を徹して鉄籠を降ろすらしく、寝るには騒がしそうなのだ。

取り憑いた黒精霊はそれぞれ斬ったが、それで消えるってことはなく、まだ体内に残っている。魔力を乗せて斬れば消滅させられるけど、それはしていない。

手抜きしたわけじゃなく、同化したところからダメージが宿主の方にも行くのだそうだ。俺が森でひっぺがした人、大丈夫だろうか？

どっちにしても同化してた一部は、黒精霊の影響を受けまくりなので、浄化《じょうか》のために神殿行きだ。

鉄籠の中身を出して、今度は人間を詰めて地上に上げることになる。徹夜頑張れ。眼鏡が魔力不足と過労で死にそうな気がするんだが、眼鏡なんでまあいいだろう。

そういえば、今まで助けた中に眼鏡のお目当ての人物はいないようだった。25層行った人かな？

偽物くんが精霊を食らったせいで、黒精霊が思ったよりいない。まあ、偽物の進行方向を考えると、黒精霊が逃げるなら20層か40層、特に40層だよな。41層からは魔物がそのままだろうし、どうなってるのかわからん。

逃げ遅れて、かつ、食べられなかった黒精霊が冒険者に取り憑いてる感じなのかな。

「ご飯だ！」

拠点に着いて荷物を降ろす。

「お前、食うこと以外も考えろ」

ディノッツォが呆れた声を出す。

「考えてる、考えてる」

ついさっき、黒精霊について考えてたぞ。

「そういえば、副ギルド長に対する物腰が途中で柔らかくなったのはなんでだ？」

レッツェが聞いてくる。

「そんなに変わったか？」

喋ってないのに、そんな違いがあるのだろうか。

「ジーン様はわかりやすうございます」

執事に言われてしまった。

2人の目が特殊なんだと思います。

「雰囲気があからさまに変わる。お前の機嫌がいいと、そばにいる精霊が取る距離も近くなる」

カーンに言われて新事実発覚。精霊の取る距離が俺の機嫌のバロメーター！　丸バレやめろ！

「……とりあえず、眼鏡は精霊に魔力を多めに吸い取られてて、不憫《ふびん》というか、笑えるというか、憑いてる精霊がお茶目だった」

ネフェルくん、可愛くて憎めない感じ。

「そんなことまでわかるのかよ。1回、ジーンがどういう世界を見てるのか見てみたいな」

レッツェの世界も、教えてもらった以外に色々見えてそうで見てみたいぞ。

「以前、精霊の見える人が、怖いと言っていたことがあるよ。別の見える人は美しいとも。見る人によって感じ取ることが違うのかもしれないね、私にはどんな世界が見えるか覗いてみたいよ！」

相変わらず指先を揃えて、芝居のようにオーバージェスチャーなクリス。

顎精霊が健在ですよ。

「ジーンの見ている世界は優しい世界に感じる」

恥ずかしいことをアッシュが言う。

「いや、なんというか精霊のフェチが全開な世界だな」

「なんだそりゃ」

靴を脱ぎながらディーンが言う。

その足に集ったトカゲ型の精霊と人型の精霊のことですよ！

夕飯は干し玉ねぎをコンソメでスープにして、パンをぼちゃんしてチーズを入れた、オニオングラタンスープ。あとはベーコンを焼いたやつで簡単に。いつも食べる夕食の時間よりだいぶ遅くなった。

3章　ダンゴムシと黒精霊、契約

「何をしている？」

「暇なんでダンゴムシを探してる」

「……」

夜の見張り当番で、石をひっくり返していたらカーンに渋い顔をされた。無言で近づいてきて、腹に手を回され運ばれる俺。

「大人しくしていろ。お前は俺の主人だ、困ったことに」

焚き火のそばに降ろされる俺。

「別に困らないだろう？　主人らしいことをするつもりはないし、契約者だって黙っとけばいいだろ」

何が困るのか。

「困る」

「何に？」

島のチェンジリングたちはだいぶ自由だぞ？

「素直に感謝できん」

「……」

ものすごく不本意そうな顔で告げてくるカーン。

「たまたま助けられる状態だったから、流れで手を貸しただけだし。そもそも砂漠の遺跡に行ったのだって、観光目的だしな」

「……観光目的で来られる場所ではないと思うのだが」

今度は苦虫を噛み潰したような顔。

そっち系の表情のバリエーションが豊かすぎじゃありませんかね？

「どうした？」

レッツェが起きてきた。

「ゆっくり寝てればいいのに」

「そういう要員として特化して冒険者してるからな。落ち着かねぇし、外での半ば習慣だな」

カーンとは逆の隣に腰掛けながらレッツェが言う。

「そういえば荷物持ちとか調査の補助とか多いな。でもやっぱり、金ランク試験受ければいいのにって思う」

「無理、死ぬ」

レッツェが荷物からパンの塊を出して、薄く切る。おやつの気配。

ナイフを焚き火で炙って、パンの上でチーズを切る。焼けたナイフの熱でチーズが溶け、パンに落ちる。温まったチーズから匂いが立って、小腹が減った俺の腹を刺激する。

「ほれ」

「ありがとう」

噛むとパンの薄い皮が乾いてぱりっと崩れ、ちょっと塩味が効いたチーズがよく合う。シンプルだけど美味しい。

「で？　観光がどうとか言ってなかったか？」

カーンにもチーズつきパンを渡しながら聞いてくるレッツェ。

「ああ。俺の趣味が時々遺跡を巡ることで、カーンがいた砂漠にも物見遊山《ものみゆさん》で行ったって話だな」

財宝ももらったけど、あの神殿っぽい雰囲気の中にあるからいいんだよな、あれ。島の塔の棚に一部並べてみたら、完全に「商品」って感じになってしまった。ああ、棚に置かずに倉庫の床にそのまま詰めとけばいい感じかな？

「西の火の神殿にも行ってたな、そういえば。古い場所には、狡賢い魔物が多いから気をつけろよ」

「なんか喋る魔物いるよな。気をつける」

お茶沸かそう、お茶。朝食の仕込みもそろそろか。

「もう遭遇済みかよ」

呆れたようなレッツェの声。

「カップくれ、カップ。カーン、苦いの平気か？　砂糖もあるけど」

コーヒーの粉を紙に閉じ込んできたというか、ドリップバッグもどきを作ってきた。ちょっとだけだけど。

豆を炒《い》って挽き立てを飲みたいところだが、さすがに荷物がかさばりすぎなんで諦めた。

レッツェと俺はブラック無糖で、カーンは砂糖をたっぷり。あれだ、エスに行った時も思ったけど、飲み物とデザートがこれでもかってほど甘い。国民性なのかな？

「これ中毒になるな」

ちょっと口元が緩んでいるレッツェは、すっかりコーヒー派だ。執事が淹れてくれるお茶も美味しいけど、俺もコーヒー派。

「お勧めの遺跡とかあるか？」

2人に聞いてみる。

「普通はねぇよ。あったとしても迷宮化したとこか、財宝漁りが目的んとこだな」

レッツェがコーヒーのカップを口に寄せた状態で言う。

そうか、観光じゃ遺跡に行かないか。迷宮になっててもいいけど、人がいっぱいなところはみんなと行きたい。

「砂漠の中央に、水の都トゥアレグというのがあった。白き巨人の伝説がある土地だな。――遺跡として勧められるかわからんどころか、遺跡があるのかどうかも知らんが」

カーンが言う。

「カーンの旦那の時代の都市は、俺たちにゃ遺跡になるのか。複雑だな」

「砂漠に呑まれる前の、美しい街も見せてやりたいがな」

「うん、見たかった」

カーンはどんな王様で、どんな街を治めていたのかも見てみたかった。

さて、朝飯の準備。何にしようかな？　とりあえずパンを焼く準備はしとこう。

鼻歌交じりに準備をしていると、レッツェとカーンの会話が聞こえてくる。

「アイツが緩いのは、そうすることができる力と知識があるからだ。性格的にすごそうに見えないだけで」

なんかレッツェが、俺の弁明をしてくれているっぽい。

「まあ、人の服ん中でパン種寝かせるのはどうかと思うけどよ」

「ちょうどいい温度なんだよ。湿度も」

カーンのマントをめくったところで、半眼に変わったけど。

20層より下に来てるパーティーは10組31人。25層以降の申請が出てるのが1組。そのうち4組は眼鏡の元に届けた。1組は25層以降だろうから、20層から24層までの間に5組いることになる。もう20層のポイントはないみたいだから、21層からか。

俺の焚き火台についてはノーカンにしとくとして、俺たちのそばには、ディノッツォのドラゴン型やディーンの匂いフェチトカゲがいるので平気だが、火の精霊がいない状態では、火を点けたり保ったりが難しい。

あとから気がついたというか、ディノッツォに言われるまで気づかなかったけど、眼鏡が暗い中にいたのはどうやらそのせいっぽい。俺たちと別れたあと、回復の魔法陣を描くことを優先した結果、火種の火が消えたのだそうだ。

この先を進んでいる冒険者は、かなり気を使って火を保っているか、暗闇の中でも平気な黒精霊憑き。あるいは火が消えるという仮定に気づけなかったか、戻るって判断ができないアホってことになるそうだ。

ディーンみたいに自覚なく火の精霊を憑けてるって可能性もあるけど、冒険者はシビアだ。

その後も順調に進み、眼鏡の元にパーティーを何組か送り込んだ。無事なのが1組、無事じゃないのが2組。そして24層で、また1組捕まえたところ。

なお、無事な1組は火が消えてしまい、新たにつけることに失敗して、半泣きの状態だった。真っ暗じゃ、さすがに帰れないもんな。

「上まで戻るのに時間がかかるし、微妙に面倒だな」

「ここからだと25層への道が近いから、余計そう感じる」

ディノッツォとレッツェが話しながら、黒精霊に憑かれた人たちを、眼鏡から受け取った縄で縛り上げている。

アッシュが警戒に立って、他全員で縛ってるんだけど、レッツェと執事は亀甲《きっこう》縛りをやめてください。以前、荷物を縛ってみせたのは俺だけど、人に応用しないでくれ、頼むから。いや、でも江戸時代の罪人の縛り方だし、間違いではない、のか？　俺が不純？

縛り上げたら、魔法陣が描かれた符をつけて出来上がり。

「お前、変なとこに貼ってるな」

俺が縄の端に持っているやつを、ディーンが見て言う。

みんなは胸のあたりに貼りつけてるんだが、つい額にぺたっと。符は糊《のり》じゃなくって、魔法陣の威力で2日間剥《は》がれずくっついてるんだそうだ。

符を貼られた人たちは、軽く縄を引くと引かれた方向に歩き出す。虚《うつ》ろでちょっと怖い。

「人の気配がいたします」

「ああ」

歩き出したところで、執事とディノッソが言う。

歩みを止めて、そのまま耳を澄ましていたら、足音と、カシャカシャと装備が揺れる音が聞こえてきた。

「あれ、先客」

「やっぱ、思い切って25に行こうぜ？　魔物いねぇし」

「あ、いいなカンテラ。随分明るい、最新式か？」

能天気な声が響く。

どうやらここの採掘ポイントに移動してきたようだ。黒精霊の気配はなく、小さな火の精霊が1人に憑いている。

クリスが事情を話す。

「えー。40層までこの状態なのか！　じゃあ、27層の魔水晶、採ってくるのも夢じゃないじゃん！」

「いや、いっそ40層踏破の冒険者として売り出そうぜ！」

出会った冒険者は、面倒だった。黒精霊がいると言っても、どうも見えないものに対する意識が薄いらしく、魔物のことばかり気にして、聞きゃあしない。

ちょっと憑いてる火の精霊さん、上に戻ったら俺のとこに来ない？　俺が嫌なら、レッツェとかお勧めですよ？

で、ちょっと話し合いをして連行役を押しつけた。執事の優しい説明で納得してくれたようだ。

説明の前にディノッソに殺気をぶつけられ、カーンに1人掴《つか》み上げられてたけど。

黒精霊に憑かれた人の状態を照らし出してみせて、怖がらせ、飴として黒精霊に憑かれた人たちを眼鏡の元に連れてったら褒賞がもらえるっぽいことを匂わせて、連行役を押しつけて送り出した。

「権威に弱いって、冒険者としてどうなんだ」

あわよくば、ディノッソとカーンの目を盗んで戻ってくるんじゃないかと思ったが、副ギルド長まで来ていることに驚いて、いきなり戻ることに積極的に。

「城塞都市を拠点にしてる冒険者はあんなもんだろ」

ディーンが何も不思議はないみたいな顔で言う。

「城塞都市は当然ながら、国が主導で作った場所です。階級や役割がはっきりしておりますし、ギルド同士の結びつきも強く、何か意に添わぬことをすれば、素材の買い取りを拒否するだけでなく、最悪は城塞内の店が何も売ってくれず、宿も追い出されます」

執事が丁寧に説明してくれる。

「もともと一時滞在するくらいの冒険者にはなんてことないが、拠点にしてる奴らにゃ、上から睨《にら》まれるのはキツイだろ」

「飛び抜けた儲け口はないけど、カヌムほど冒険者が自由にできるところはないよ！」

ディーンとクリス。

「統率された兵がいる場所では、住人もそちらを頼る。決め事に従って行動せねば、冒険者はごろつきと同じ扱いだ。逆に兵がひどければ、冒険者が頼られることもある」

アッシュが言う。

城塞都市は兵が品行方正なのか。あちこち行ったけど、大抵の国の役人は横暴だったんだけど。最初に見たものの印象に引っ張られてるかな。冒険者のイメージも、ディーンやレッツェ、ディノッソたちの印象が強い。実際にはごろつきと変わらない冒険者がいることは、わかってるんだけど。

「城塞都市も、ごく普通に過ごしてる分にゃ問題ねぇよ」

地図を確認しながらレッツェが言う。

今日は25層の最初の拠点まで進んで、終了することになった。25層は魔銀が多いみたいだけど、魔水晶目当てで27層にいる可能性も高いって。

ちなみに魔銀も魔水晶も、魔物が長くいた場所の銀や水晶が影響を受けて変わる。精霊銀とかと一緒。

ただ、『精霊の枝』で浄化してもらわないと、黒精霊の残滓《ざんし》の影響を受ける可能性があるそうだ。体調が悪くなったり、精神的に病み始めたりするんだって。

浄化しないで呪物《じゅぶつ》にする人もいるそうだけど、まあ、普通は浄化する。

「今夜は石をひっくり返すのはやめろよ？」

拠点に着いたらカーンに釘を刺された。

「石？」

レッツェが聞く。

「夕べ、ダンゴムシ探してた」

「お前……」

答えたら、ディノッソが半眼で少し身を引いてこっちを見た。

「ジーンは無邪気だね！」

「うむ」

クリスとアッシュ。

「知ってるか？　ダンゴムシの魔物ってのがいてな、夜迷宮で寝てると耳の中に入ってくんだぞ？」

　ニヤリと笑って、ディーンが声音を変えて言う。なんだその手つきは。

「そういえば、そんな噂もあったな。最近聞かねぇけど」

　レッツェが言う。

「ああ、ダンゴムシに魔力をやる代わりに止めてるから」

　そのレッツェに答える俺。

「「「は？」」」

　何人かの声がハモった。

「ジーン様、『魔力をやる代わりに止めてる』という状況は、詳しくはどういうことでございましょう？」

　代表して執事がにこやかに聞いてくる。

「遺跡を見て回ってた時に、ダンゴムシの王っぽいのがいて――」

「ダンゴムシの王」

　ディーンが鸚鵡《おうむ》返ししてくるが、いたんだからしょうがないだろう。

「つついたらなんか服従してきたから契約した」

「……」

「…………」

笑顔のまま動きを止めている執事と、座って膝の間に頭を入れ込むように下を向くディノッソ。

「お前……」

目頭を揉《も》んでいるカーン。

「倒さなかったのはなんでだ？」

レッツェが聞いてくる。

「丸まるのが面白かったんだろ」

答えたのはディーン。

「いや、魔物とも契約できるのかなって？」

実験ですよ、実験。

「それはついついて服従させたあとだろ」

「気のせいです」

なんかディーンの追及が厳しい。

「ノート？」

ディノッソが下を向いたまま呼びかける。

「範囲外でございます。せめてカヌムの街の中に収めてください」

いい笑顔の執事。

「……レッツェ、コイツの一人旅についていてく気ない？」

今度はレッツェに呼びかける。

「無理。目を離した隙に俺が死ぬ」

間髪入れず、答えるレッツェ。

なんかひどい。

「俺はシヴァたちがいるし――」

「俺は最終的に、コレの望みは邪魔できん」

カーンがディノッソの言葉に被せて言う。

「それにしても、俺の認識では、魔物や黒き精霊との契約は、暗黒魔法と呼ばれて禁忌《きんき》の部類なのだが、今はどうなっている？」

「戦乱が長きに渡って続いている土地では使われることもありますが、今でも禁忌の部類でございます」

カーンの問いに執事が答える。

「名前からして、悪そうな魔法だな」

「お前だ、お前。他人事《ひとごと》のような顔をするんじゃない」

レッツェに頭を左右の拳で挟んで、こめかみをぐりぐりする梅干しを食らいました。

ひどい。

「お前がやらかしてるの！　爪切りされた猫みてぇな顔すんじゃねぇよ」

「え、こっちでも猫の爪って切るのか？　ネズミ捕る時困らないか？」

こっちの猫は働く猫だと思ってた。武器の爪を切っちゃまずくないか？

「貴族の令嬢が飼ってる猫は、引っ掻かないように切る」

質問すると答えてくれるのがレッツェ。こめかみからゲンコツどかして欲しいけど。

「そういえば、レッツェは一緒に受けた貴族の依頼の時に、猫の世話を押しつけられたことがあったね？」

クリスが言う。

「へぇ」

色々やってるなあ。

「それは今関係ないからな？　普通は魔物と契約してみようなんて思わないからな？」

ぐりぐりが再開された！

「まああ、とりあえず話を聞きましょう。ダンゴムシの王とは、どのような契約を交わしたのかお伺いしても？」

執事がとりなしてくれる。

「真顔でダンゴムシの王ってフレーズが言えるのすげぇな」

「……」

聞こえてきたディーンの言葉に、執事が一瞬固まる。

「ダンゴムシの方から積極的に人を襲わないようにしただけだな。ただ、お腹が空くらしいんで魔力をやる約束をした感じ。燃費がいいらしくって、見かけたらでいいって」

つつき回したせいか何なのか、あっちから俺に寄ってくることはない。

「契約をしていないダンゴムシと、契約したダンゴムシの見分けはつくのかね？」

不思議そうにクリスが聞いてくる。

「いや、なんかダンゴムシの魔物は全部一緒みたい？　グループがあるのかもしれないけど。たぶんアッシュの腕輪にくっつけた緑円《りょくえん》と同じで、力をつけると増えるタイプの黒精霊が元なのかな？　火の精霊の時代くらいからいるダンゴムシだから、大陸にだいぶ広がってるっぽい。意志統合してるのが1匹いて、遺跡ではそいつに会った」

その1匹以外、さすがに見分けはつかん。

「大陸を制覇してそうなダンゴムシだな……」

「ダンゴムシなのにな……」

ディノッソの呟きに、ディーンが続く。

「魔物との契約は、危ない人と判断されるから控えろ。下手をすると迫害されるぞ」

レッツェが額に手をやりながら言ってくる。

「そうなの？」

「そうなの！」

使い魔とか、ファンタジーではありだと思ってたけど、なしか。

「時に取り残された俺より認識がおかしい……気がするのだが」

「気がするだけではなくって、事実だね！」

カーンにクリスが答える。

俺はこっちの世界での生活年数が短いんだからしょうがないと思います。

「魔物との契約は、長きに渡れば精神を病む。人への被害は抑えられるとはいえ、ジーンが犠牲になることはない。破棄《はき》はできぬのか？」

アッシュが怖い顔で言う。

心配してくれてるんだな。最近、時々出る怖い顔が微笑ましく見えてきた。

「ああ、俺には神々からもらった、【精神耐性】がついてるから平気なんだ。ただ、契約している精霊に影響が出るから、黒精霊との契約も普通の精霊より少なくなるように調整してる」

「いや、待て。黒精霊？」

ディノッソが顔を上げて俺を見てくる。

あ。これ、また怒られるパターン！

「――長くなりそうだ、先に飯にしようか」

ため息混じりのレッツェの提案で、まずは腹を満たそうと野営の用意。

袋から作ってきた餃子《ぎょうざ》の皮を出す。何枚か水を糊にしてくっつけて、ニンニクをすり下ろしてぐりぐり塗る。ベーコンをブロックから薄切りにして、餃子の皮の上に置いて、さらにその上にチーズを――。

「カーン、溶けるタイプのチーズくれ」

「どれだ？」

「その剥《む》き出しの、少し黄色味を帯びたものかと」

袋から色々なチーズを取り出すカーンに、執事が言う。

剥き出しといっても布には包んできてる。ただ、最初から栗の葉に包まれているものや、イラクサを表面に貼りつけてるものがあるのだ。

ベーコンの上にチーズを並べ、胡椒をがりがり。端からくるくると丸めたら、ホットサンドメーカーに並べてゆく。

乾燥野菜をスープに突っ込み、ディーンが差し出してくるでかいソーセージを焼く。どんだけ肉が好きなんだ。

「ああ、くそ。また酒が欲しくなるつまみが」

ディノッソが言って、２つ目の餃子の皮巻きを摘まみ上げる。

餃子の皮はぱりぱりに焼き、チーズは溶けて糸を引く、ベーコンの塩気が混じっていい感じ。春巻きの皮で作るともっとぱりぱりに。

こっちのベーコンや塩漬け肉は、保存のためか塩気が強いし、味の加減が難しい。俺が作ったやつも、持ち歩き用にきつめにしてある。

「ディーンの持ち込んだ肉とかソーセージ、なんか美味いな。どこの？」

魔物の肉とはまた違う気がする。

「城塞都市で買ったのだけど、農家から仕入れてるってやつだな」

バリっとジューシー。ソーセージの焦げ色は正義。

しばし至福の夕食タイム。

そして食後はお説教タイム。

「よし、腹が落ち着いたところで続きを聞こうか？」

焚き火を挟んで、正面にディノッソと執事。

隣のアッシュがそっと手を握ってくれる。反対の隣にいるレッツェは逃亡防止なのか、またぐりぐり梅干しするつもりなのか、こっちも距離が近い。

「えーと。何を話せばいい？」

「黒精霊と――いや、限定せずに契約関係だな。今何と契約している？」

ディノッソが聞いてくる。

「精霊と、黒精霊。魔物はダンゴムシだけだな。あと、商売関係は執事に紹介してもらったチェンジリング――」

一斉に執事に視線が向く。

「性格に問題があろうと、契約で縛りやすい存在ですので。話してはいけないことが、顔に出ることも、まずございません」

動じることなく涼しい顔で説明する執事。

執事曰く、契約で縛っていても、口には出せないけど、顔に出てしまうとかはありがちらしい。拷問《ごうもん》を受けて喋りたいのに喋れない時とか……。いや待て、ありがちなのか？

「商売の時に顔見せとか交渉が面倒だから、普通の人と代理人契約した。あとその人についてる使用人とか、打ち合わせの時とか俺とよく遭遇しそうな人たちとも交わしている」

面倒だけど、抜かりなく。なお、その契約の中にもチェンジリングが交ざるものとする。

「商売って野菜だっけ？」

「主に野菜で、それだけじゃなんだし、雨の日とかは染め物をしてもらって売る予定。代理人を通して、畑仕事の要員とか働いてくれる人を募集してる。ちょっと形になってきたかな？人を集めたり働かせるのは任せっぱなしだけど」

「お前の料理に、時々出てくる謎の野菜か。美味いよな」

ちょっとホッとした顔をするディノッソ。

「うん。あ、ジャガイモ焼けた。売るのはこれとかだ」

ナイフで十字に切れ込みを入れて配る。

「塩と、好みでバターかチーズ、ベーコンと一緒にどうぞ」

「おう」

レッツェがジャガイモを入念に眺め始めた。冷めるぞ？

「これはちょっと寒いところでも育つから、小麦ができないところでどうかと思って。地中にできるから、戦争で上を荒らされても収穫できる確率が高いし」

俺も食いながら説明する。

「あちっ！　でも美味いな」

ディーンはチーズと、やはりというかベーコン。

美味しいは正義です。

「飢えが減るのはいいことだが、勇者の方は大丈夫なのか？　あと、精霊が憑いてるものを売るのは避けろよ？」

ディノッソ。

「ああ、ありがとう。精霊の方は、勇者に呼び出されて消費されないように、先に軽い契約を交わしてる感じだな。強制的に力を奪われ、言うことを聞かされる前に、ちょっとワンクッション置いて、逃げられるように。これは神々の望みでもあるし、精霊の方からも来るから、積極的にやってる」

「それでジーン様の周りは、精霊が多いのですね」

執事がそう言いながら、お茶を差し出してきたのを受け取る。

多いかな？　カヌムやみんなといる時は、近づかないよう言い聞かせてるんだけど。

「今どのくらいと契約してるんだ？　日替わりで2、3匹だと——」

「普通の精霊はたぶん2400万くらい？」

他に、契約した精霊の眷属が自動でくっついてきてる時があるし、契約してなくても普通に頼み事はしてるので、この数字に意味があるとは思わないけど。

名前を書きつけていたノートに、いつの間にか精霊が憑いた。いや、生まれた？　どちらでもいいのだが、その精霊が新たに名付けるたびに書き取りをしてくれるようになった。便利、便利。

なお、最近の名前は年月日・番号だ。『家』で落ち着いて付ける時はそうしている。出かけた先とかだと、場所・番号だが。２回目に訪れた時は、場所・年月日・番号。黒精霊は番号の前にＫをつける。

「……」

何か静かになったと思ったら、聞いてきたディノッソが固まり、執事が茶葉を入れ替える途中で止まり、ディーンがソーセージを齧《かじ》りかけて止まり、クリスが真顔で止まっている。

隣を見れば、アッシュはいつも通り。レッツェは困った顔。

「黒白のシャヒラ、ベイリス、半精霊化していた俺と一度に契約を済ませたのだ。特殊な精霊が多数いるなら別だが、その数でも魔力で支えられよう。驚くには当たらん」

カーンがニヤリと笑って言う。

「突っ込みどころがすでに多すぎるんだが……」

頭を抱えているディノッソ。

多いの？

「まず、何をどうしたら、そんな数になるんだ？　名前呼ぶのも大変なんじゃねぇの？」

「寄ってくる精霊はほぼ流れ作業だし、思うだけで口に出さなくてもいいことに気づいたら、格段に速くなった」

２０２１年11月の１から10までとかそんな感じ。並んでいるのは主たる精霊で、眷属は脇に避けてて、２０２１年11月の１の１とか、枝番になる。

「あと、最近はなんか勝手にメモ帳《ノート》に名前を書いてくのも出てるな」

「意味がわからないのですが……」

困惑している執事。

「俺もよくわからない」

うっかり出しっぱなしにしてたら増えてたんだよ。メモ帳《ノート》の精霊がやたら育ってるし、どや顔してたから、あれの眷属になってるっぽいんだけど。俺は帰ってから、書かれた名前の一覧に魔力を通すだけでいい。

というか、俺のイメージのせいか執事《ノート》っぽい外観に育ってるんだが、肖像権の侵害で訴えられるだろうか。

「口に出さないでどうやって意思の疎通を……。ああ、お前は精霊言語ができたんだったな？　それで契約前の、繋がりがない状態でも、意思の疎通が図れるのか……？」

ディノッソが考え込んでいる。

「何だ？」

「ジーン様、失礼ですが精霊との契約の手順をご存じですか？」

執事が聞いてくる。

「名前をもらいたがっている精霊に名前を付ける。嫌がってる相手は弱らせて名前を付ける」

「もう少し手順を……」

困ったように微笑む執事。

「並んでいる精霊に名前を付ける。黒精霊とか抵抗するのは、むぎゅっと締め上げて名前を付ける？」

「……」

微笑みのまま黙られた。

「……ノートの気が遠くなってるが、俺の気も遠くなった。おかしいと思ったら、そもそも手順を踏んでねぇ」

ディノッソが荒れた声で言う。

「え？」

手順？

「え、じゃねぇ！　普通は魔法陣とかで喚び出して、安全確保して精霊と意思疎通できる準備をしてから名付けるの！　俺のみてぇに試練っぽいもの越えて名前を付けるってのもあるけど。いや、もう、精霊の方が相手を気に入ってて、うっかり名付けちゃったとかも、ま！　れ！に！　ある、あるけどよ！」

あー……。

「……そういえば、随分前に、精霊を喚ぶための魔法陣を描く練習をしたような気もする」

「使った？　練習したなら使おう!?」

「いや、結局正しい魔法陣を描けなくて。普通に喚んだ方が早いし、魔法陣は魔石使用の便利道具系を覚え始めた」

むしろすでにいる感じだし、あれは意味がなかった。

「諦めないで!?」

ディノッソが半泣きだが、おっさんが泣いても可愛くない。

「黒精霊のむぎゅっ、てのは何なんだ？」

レッツェが聞いてくる。

「黒精霊は逃げるから、まずは捕まえるところからだ」

むぎゅっと空を掴む仕草を見せる。

「……物理的にか。精霊なのに」

「精霊なのに物理的に、なのですね……」

ディノッソとノートが揃ってため息に似た言葉を吐く。

「そこはそのうち勉強する予定だ」

馬から苦情来てたし。

「勉強したらしたで、規模が大きいとか、何かやらかしそうで不安が……」

頭痛が絶えないみたいな顔をしたディノッソ。

「冒険者の活動としては、衣食などはともかく、行動は普通ですのに」

執事がこぼすように言う。

「精霊とか魔法は俺の元いた世界にないから、あるがまま受け入れた結果だ。冒険者活動のお手本はレッツェだし」

移動や野営に関してはキャンプの知識が影響しまくり、剣での戦闘は時代劇の殺陣《たて》、その他のお手本は大体レッツェ。

「感覚や、野性の勘で冒険者やってる奴を紹介したら、やばかったなこれ。レッツェを紹介した俺、グッジョブ！」

ディーンがガッツポーズをしている。

「まあ、俺も改めて勉強してるわ」

少しだけ照れ笑いで、頭をがしがしと乱暴に撫でてくるレッツェ。

「あと、攻撃魔法とかその辺はやばい感じがしたんで、大人しく使える人を観察中だ」

「お前がやばいって判断するって、どんだけだよ」

撫でる手が止まって、半眼になるレッツェ。

「魔法使いの設定は、まずかったのではないか？」

アッシュが心配気味に聞いてくる。

「大丈夫、眼鏡――副ギルド長の真似するから」

そばにいる精霊の種類も揃えたし！

「常識的なライトで頼むよ！」

いい笑顔でクリスが言う。白い歯が光りそうだな。

「坑道のあの全面照らすのは便利だけどダメな？」

「はい、はい」

釘を刺してくるディノッツソ。

「そんなに契約してて、本当に魔力は平気なのか？」

そして心配げに確認してくる。

「名付ける時に多く持っていかれるけど、普段は平気だな。逃げ込んでくる精霊はほとんど手乗りサイズの小さいやつだし。がぶがぶするような精霊は近づけてないし」

黒精霊は抵抗するので、大きさの割に名付ける時に結構魔力を使うんだけど。

「精霊との契約は神々からの依頼。――黒精霊とはなんで契約してるんだ？　いや、その前に神々ってのも気にはなるが、そっちは踏み込んじゃいけねぇ領域とかか？」

「いや？　でも相手のあることだから、教えていいか聞いとく」

一応、聞いてみよう。言っていいと思うけど。

「それをお伺いすると、戻れなくなる予感がうっすらするのですが……」

そういえば執事は、カダルに会ったことがあったな。

「こいつ見捨てて、安全な世界に戻る気があんの？」

ディノッソが執事に聞く。

「いえ、常識の世界のことです」

執事がどこか清々《すがすが》しい笑顔で言う。

「……」

黙り込む周囲。

「おい、一斉に目を逸らすことないだろう!?」

俺は人畜無害に普通に生活してるだけですよ!?

「いや、まあ。話を戻すが、黒精霊とはなんで契約してるんだ？」

「不自然な笑顔！」

明らかに作り笑顔のディノッソに突っ込む俺。

「あー。話が進まないから」

レッツェに宥《なだ》められる。

「契約すると黒精霊の痛みが治まるっぽいから？」

「なぜそこで疑問？」

そういえば、馬はともかく黒精霊は誰かに頼まれたわけではないな。概《おおむ》ね勢いで契約しているって言ったらダメな気配がする。

「勇者たちに、魔法で使い潰される精霊を減らすことも目的だけど、姉が【支配】の能力を持っていて、精霊も黒精霊も姉の命令を強制的に聞かされるのを、先に契約して防ぐためだな」

よし、ちゃんとした理由！

「名前からして不穏な能力だな。その【支配】の能力は、契約だけで打ち消せるのか？」

「俺には【解放】の能力があるから」

「【解放】でございますか……」

執事が、手袋をした自分の右手を眺めて呟く。

「私が家名の重圧を感じなくなったのは、ジーンがそばにいたせいか？」

アッシュが言う。

「能力ってか、能天気でマイペースなのを見てたら、窮屈なことに汲々《きゅうきゅう》としてんのが馬鹿らしくなったんじゃねぇ？」

ディーンが言う。誰が能天気だ、誰が！

「対《つい》のような能力だな」

「姉が選んだのは、【全魔法】と【支配】って聞いたから、対抗したんだよ。俺は巻き込まれて、気づかれずに山の中にしばらく放置されてたから、あとから選べた」

レッツェに答える。

「ジーンは、放っておかれたのか」

アッシュが怖い顔になっているが、過ぎたことだ。放置は困るが、姉と一緒の場所にでなくて本当によかった。

「なるほど、偽人形以外も魔法を――精霊を使うわけか」

「剣で大技使う時にも、精霊から力をもらうらしいぞ？　もう1人の男勇者は確か【全剣術】持ちだ」

「嫌な能力ばっかり持ってやがるな」

「さすが勇者といったところだね！」

顔をしかめるディノッソと、表情を動かさず声音だけは明るいクリス。

「その【支配】というのは、影響は精霊にだけでしょうか？」

「いや？　人間にもだろ。でも召喚した国の奴らは、持ちつ持たれつで自業自得みたいだし、俺は何かする気はないし、近づく気もないから」

執事の問いに答える俺。

「まあ、随分前に聞いた時、放置しておけば自滅するってことだったしな。俺も国レベルの話に首突っ込む気はねぇよ」

ディノッソ。

「で、ようやくダンゴムシに戻るが、魔物との契約はダンゴムシだけなんだな？」

「うん」

ディノッソの確認に頷く。

「厄介じゃないのか？」

「ほぼ放置だから。厄介なのは、人に一度憑いた黒精霊だな。１匹だけ契約したけど、精霊は良くも悪くも純粋なはずなのに、妙に卑屈で狡賢いし、やたら関わろうとしてくる。たぶん、憑いた人から影響を受けたんだと思うんだけど」

シャヒラはカーンに憑いていたんだろうか？　まあ、ノーカンで。

「ああ。魔物も憑いた精霊と器になった動物、両方の性質が混ざるからな。面倒なら契約はやめとけ」

「他にいっぱいいるし、しない」

他の精霊と違って、契約の揚げ足取りみたいなことをしでかしそうで怖い。寄ってくるのはどうにかして俺から魔力を奪いたいからだろうし。思わず、接近禁止命令を出しちゃったよ。

ディノッソから、危ない契約はやめること、黒精霊と魔物との契約は人にばらさないこと、2点釘を刺されてお説教は終わった。

「まだ寝るまで間がある。ダンゴムシを探すのを手伝おう。魔力を与えるのだろう？」

アッシュが声をかけてくる。

「いや、魔力は気づいた時でいいって言われてるから。それにダンゴムシの自衛は止めてないから、俺以外に見つかると攻撃してくるぞ」

危ないからね？

「む……」

「掴めばいいんじゃねぇの？」

ディーンが横から言う。

「手のひらから肉に潜り込むのも得意だそうだ」

「嫌な魔物だなおい」

顔をしかめてディーンが言う。

「気づかれなければ耳から最短で、石をひっくり返された時とかは間髪入れず潜り込んで、進みやすい皮と肉の間を通って脳とか心臓に行くんだって。洞窟とかこの迷宮みたいな暗くて湿ってるとこで、不用意に石をひっくり返さない方がいいぞ」

聞いたことをそのまま伝える俺。

「怖えよ！　うっかり蹴り飛ばした石の裏にいたらどうすんだよ！」

ディーンが嫌そうに言う。

「気づけば両断いたしますが……。なにぶん、小さな魔物ですので気配も小さい。戦闘中などは難しいですな」

執事が言う。

「うん。だからダンゴムシがいたら、攻撃しないようにみんなの匂いを覚えてもらおうかと思って探してた」

だからダンゴムシを見ても攻撃しないで欲しいと言い添えて。

「よし、ダンゴムシがいそうな石を探そうか！」

やけくそのような、力強い声を上げるディノッソ。

「少なくとも寝る場所の周りにいないか、確認しとうございますな」

同意する執事。

そういうわけで、寝る前に全員でダンゴムシ探しです。

「ジーン、この石の下なんかどうかね？」

ランタンを掲げたクリスが、早速俺を呼ぶ。

「ハズレ、いない」

ひっくり返して、ダンゴムシが留守なのを確認。

「この石なんかいいんじゃないか？」

今度はレッツェに呼ばれて行く。

「なんかこう、子供にダンゴムシの場所を教えてる気になるな……。魔物じゃなくて普通の」

「深刻にならねばならん事態で、なぜこう緩い？」

「俺に聞かないでくれ」

ディノッソとカーンが何か話している。

無事ダンゴムシを発見し、みんなを覚えてもらうことに成功。手に載せたら、みんな何か嫌そうだったけど。

ダンゴムシはあんまり目がよくなくって、空気中に漂う物質から触覚《しょっかく》で臭いを感知するっぽいんだから、しっかり覚えてもらうには仕方ないと思います。

「あとはシヴァだけかな？」

「子供らも頼む」

ディノッソが言う。

「ティナたちとは、もう一緒に探した」

「ちょっ！　いつの間に⁉」

「キノコ採りとか、野草採りとか、一緒に森に遊びに行くから、その時」

浅い、明るい森にはいないけれど、奥にはいる場所がある。

「もしかして、だいぶ前……っ！」

愕然《がくぜん》とするディノッソ。

「子供は虫好きだからな。手のひらで転がして遊んでたけど、女の子のティナはもう少ししたら嫌がるようになるんだろうな。シヴァ、大丈夫かな……」

　成人女性は総じて虫が嫌いなイメージがあって、ちょっと心配。

「うわぁ。親が知らないところで、ダンゴムシをつつく危険な遊び」

　ディーンがどん引きした顔をしている。

「ジーンがいれば、危険ではないだろう」

　執事に手のひらを拭かれているアッシュ。

「増えるタイプの魔物は、一番古くて頭のいい個体を倒せば、群れがまた知恵をつけるまで数十年、数百年かかり、無力化できるとか――」

　執事が言う。

「いることさえわかっていれば、焼き払うことも可能だからね！」

　クリスが怖いことを言う。

「いざとなったら避難させよう」

　ダンゴムシは弱いから保護しないと。

「いや、俺たちは倒す話してんだけどな……」

　ディノッソが呆れた声で。

「ちょっと可愛い気がしてきたとこなんでやめろ」

まるまるし。

「お前、ダンゴムシ飼ってることは絶対バラすなよ？」

レッツェが念を押してくる。

4章　精霊の暴走

そんなこんなでダンゴムシ談義が終わり、翌日は最後のパーティー探し。魔水晶目当てで27層にいる疑いが濃厚だけれど、すれ違ってしまっても困るので、可能性のある場所を地道に潰してゆく予定だったのだが。

「あー。お守り付きか」

25層の最初の拠点を調べて、レッツェが言う。

「お守り？」

聞いたことのない単語。

「荷物持ちとか雑用に特化したような冒険者の中で、口が固いベテランのことだな」

「さては、強いけどアホな一行についてく人のことだな？」

レッツェの説明に納得する俺。

「お前、身も蓋もねぇな」

そう言って苦笑するレッツェ。

しゃがみ込んでる隣に同じようにしゃがみ込んで、レッツェが見ていた地面に目をやる。白い小さな石がいくつか。

「その人の合図？」

「そう。この形からすると、4……ここは25層だし、34層か40層か。まあ、34層にめぼしいものがある話は聞かねぇし、勇者がどこまで潜ったか知っていたとしたら、40層だろうな」

レッツェが小石を眺めて言う。

「そんな合図、聞いたことがねぇんだが」

ディーンが顔をしかめている。

「この面子《めんつ》だから言うが、契約外の予定変更する奴らは貴族だけじゃねぇからな」

「あ、冒険者にもいるんだ？」

それは大々的に知られたら、合図は壊されて終わりだし、難癖《なんくせ》つけられそうだ。

「そそ。だからこれを知ってるのは、一握りだけだ。これを見つけたら、それとなくギルドに情報を流すことになってる。俺みたいな弱い奴の保険だからな、ディーンは知らなくて当然だ」

レッツェの話を聞きながら、車座で小石の合図を覗き込む面々。

ランタンの明かりに下から照らされてるもんだから、顔の影にちょっと笑いそう。

「気が変わって、予定のルートを行ったってことは？　もしくは昔のものが残ってるとか」

ディノッソが聞く。

「ここから離れたあと、また心変わりして戻ったんならわかんねぇけど、昔のではねぇな。合図が置いてある周囲が均《なら》されたのが最近だ」

ここの迷宮は湿り気味の石に、その石が崩れたっぽい細かい土が薄く下に広がって、窪みや端の方にところどころ溜まっている感じ。小石は、その少しの土に半分隠すように置かれている。

確かに他の場所の土より水を吸って黒っぽい？　のかな？　難しいです、レッツェ先生！

合図を受け取った人は、自分が依頼を果たしたあと、戻る時にこの合図を壊してギルドに行くのだそうだ。

依頼の行き先が被ってれば、ちょっと気をつけるくらいだそうだ。積極的に助けには行かない。あくまでついでで、とても淡い助け合い精神。

「冒険者タグを持ち帰るようなもんだな」

レッツェが淡々と言う。

探索の途中で、冒険者の遺体を見つけた時は、タグを1枚持ち帰り、見つけた場所と共にギルドに届ける。

「今回は救出班にレッツェがいて、この冒険者の運が多少よかったってことだな」

ディノッソが言う。

「あとで合図の読み方を教えて欲しい」

アッシュがレッツェに願う。俺も俺も。

「ああ、明るいとこでな」

ランタンを持ってレッツェが立ち上がる。

追いかけているパーティーの一員が残したメッセージから、27層の魔水晶のポイントを確認したあとは、真っ直ぐ40層を目指すことで方針決定。

冒険者稼業は、真面目にやると覚えることがたくさんある！


魔物が現れた。ディノッソが一撃で倒した。

魔物が現れた。カーンが一撃で倒した。

魔物が現れた。ディーンの2回斬り！　間に執事の手抜きのフェイント！　クリスの突き！

アッシュの袈裟懸《けさが》け！　ジーンは出番がない！


40層に来たら、下の層から魔物が移動してきたのか、湧いたのか、道中で3匹ほどの魔物に行き当たった。でも俺はちょっと暇。

「レッツェも参加すればいいのに」

同じく暇な――なぜか俺と違って暇そうに見えない――レッツェに話しかける。

「邪魔だろ。それに金ランクになるつもりもない」

手をひらひらとさせて興味がなさそう。

副ギルド長から急遽受けた依頼で、ディーンとクリスの金ランクはほぼ確定なのだが、当初の条件もクリアしておこう、みたいな何か。アッシュも経験と評価のため参入している。

ディノッソとカーンって強かったんだな、と思いつつ俺は見学。ランクアップは面倒なんで絶対しない。

「ディーンも人並外れた膂力《りょりょく》だと思ってたが、ディノッソとカーンは軽くそれを超えてるな。ディノッソは雑に斬ってるように見えて、弱いところを確実に狙ってるし」

レッツェが感心しているが、俺には猩々《しょうじょう》の体にコウモリの頭が2つくっついてるみたいな魔物の弱点がそもそもわからん！

カーンはなんか、斬る対象の形状なんか斟酌《しんしゃく》してない感じ。どっちもどこか面倒くさそうな雰囲気だったことは覚えている。

27層には人の姿が見当たらず、40層に降りたところに白い小石が1つ転がっていた。少なくともこの階層に足を踏み入れたことは確かで、件《くだん》のパーティーとすれ違ってしまったかという不安は払拭《ふっしょく》されている。

便利だな、白い小石。石は大体どこにでもあるけど、この迷宮や森では白というのはあまりない。白い石ばかりのところでは黒い石とか使うのかな？　碁石を作るべき？　あ、でも白い碁石は貝殻か。ん？　半化石だから石？

「何、難しい顔をしてるんだ？」

「石って何かを考えてる」

レッツェが無言で左のほっぺたを引っ張ってきた。ひどい。実はあんまり痛くないけど。

「てっきり、お2人のうちどちらが強いのか考えておられたのかと……」

執事が柔らかい笑みを浮かべて言う。

「俺は、先行したパーティーが無事か、お前が心配してるのかと思った」

レッツェが呆れた眼差しを向けてくる。

「ディノッソたちが急いでないし、無事だろ」

執事の精霊がいないし。

「なんだ、その謎の信頼は」

ディノッソがちょっと嫌そうな顔を作ってみせる。

「最初は見込みが甘い冒険者の自業自得ってことかと思ってたけど、お守りさんのピンチ知ってもそのままだったたから」

俺がそう言うと、ディノッツォが足を止めて、まじまじと俺の顔を見てくる。

以前、坑道で魔物の氾濫の兆候を見つけて、黙って原因を取り除くために奥に進んだディノッツォとシヴァ、執事。

「なんでそうなる？」

「だって、もっと急いでもこっちの命に関わるようなことはなさそうなのに、それをしないし。何より坑道で黙って下に行った前科があるじゃん」

あと、隠しているとはいえ、これだけ狭いとこも広いとこも通ってきたのに、執事の精霊の姿を一度も見てないから先行してるのかな、とか。純粋に隠れるのが上手くて視界に入らないだけかもしれないが。

なんで無事なのかはわからないけど、たぶん無事だろう。根拠はディノッツォの前科！

「……はぁ。なんでお前、そういうとこは鋭いんだ。あと前科とか言うな」

大きなため息をつくディノッツォ。微妙に視線を逸らす執事。

黙って置いてったの、根に持ってるからな！

「時間をかけるのは、人の探し方とか俺に教えるため？　あとは相手がすぐ助けると学習しないとか、そんなの？」

「それもあるが、お前が後先考えずに、ほいほい人助けしないように！」

今度はディノッソが右のほっぺをむにっと。俺の頬の人権……っ！

まあ、途中で会った、憑かれていない冒険者と話したことで、もうちょっとは考えろよ……っ！　ってなったのは確かだけど。あのまま痛い目を見ずに行ったとして、たぶん同じことを繰り返す。そのたびに助けるって、賽《さい》の河原っぽくって喜びも達成感も全くなさそう。

「話をちょっと聞いただけで、知らない人を助けに行くほどお人好しじゃないぞ？」

人非人《にんぴにん》みたいだから言わないけど、目の前でとか、依頼でとかじゃなければ助けに行く気はない。周囲の思惑はまるっと無視することに決めてるし、俺の人嫌いを甘く見てる。あ、でもお守りの人は助けたいです。

「……」

ちょっ！　左右からっ！

「優しいし、お人好しだ。黒精霊を痛みから助ける者などいない。私はジーンが、権力者や感謝を知らぬ者に利用されるのは嫌だ」

ディノッソとレッツェから引っ張られたほっぺたをさすっていたら、アッシュが言う。

「順番を間違えたね、王狼！　まずはジーンにお人好しなことを自覚させないと！」

クリスの弾んだ声。クリスの声音は明るい、そしていい声。芝居がかった物言いが鬱陶《うっとう》しくないのは、声がいいせいもあるだろう。

俺の言った坑道のこととか、ディノッソをからかう面々。俺のほっぺた分、いじられるがいい！

「音が聞こえる」

ディノッソいじりが下火になってきた頃、カーンが言った。

「耳がいいな」

レッツェが言って、壁に耳をつける。

「人の声？」

俺もちゃんと集中すれば、結構遠くの声も聞こえる。

「どうやら、ようやく探し人に会えるらしい」

剣を鞘《さや》ごと抜いて、地面に置き、それに耳をつけていたディノッソ。どうやら地面を伝わる音を拾っていたらしい？

「おい、早く突っ込め！」

音のする方に来たら、なんか白いローブに金糸で刺繍《ししゅう》したような格好の16、17の男が、もっと年上の冒険者数人を急《せ》かしている。

ランタンを消して、距離を置いて様子を窺《うかが》う俺たち。戦っている相手は、さっきディーンたちが倒したヤツと同じ魔物。なんだけど……。

「しょうがないわねぇ、金主《きんしゅ》の命令じゃ」

そう言いながら、魔物に向かって踏み込み、味方に斬りつける2人目の女。

「ここを出て冒険者に鞍替《くらが》えしたら、ぜひパーティーを組んでもらいてぇ！」

女に斬りつける3人目の男。

「なにせ回復が使える奴がいりゃ、攻略が格段に楽だしなぁ」

「その通り、その通り！」

魔物に斬りつける4人目と5人目の男。

声は弾み、顔もニヤニヤ。戦う4人とも、黒精霊が後ろから首に抱きついたような格好で、腕と足が人の頭と背中に溶け込んでいる。

味方同士で斬り合っていても、気にせず、会話し、行動する。斬りつけられて笑顔さえ浮かべているのだから、どう見てもおかしい。

「面倒な場所に憑いてるな」

ディノッソが呟く。

「魔物か、お互いと戦っている間にさっさと始末してしまうのがいいでしょう」

執事が言う。

正対したら首の後ろは攻撃しづらいもんな。見えない組に、対象と憑いている場所をそっと伝える。

「なんなんだ、お前ら！　早く魔物を倒せ！　40層の魔物を持っていけば、最初から僕は英雄だ！　おい、お前も突っ込め！」

状況がわかっていないいっぽい1人目の男が喚《わめ》く。

「俺は荷物持ちと案内の契約。しかも40層は行程に入っていませんので。それに火を消さないのでいっぱいいっぱいですよ」

あ、お守りさん無事だった。

火の精霊がいない場所では、火がつきにくいし、消えやすい。上からずっと火種を守っていれば、その火から生まれる細かいのがいるのでギリギリ。

でも細かいのは生まれやすい代わりに、すぐ消えてしまう。周囲に小さな精霊がいないと、霧雨《きりさめ》の中で火を保つのと一緒の難易度。派手に燃やしとけば、細かいのも多いから多少楽だけど、迷宮にそこまで燃えるものを持ち込むのは難しい。

「うるさい！　僕が行けと言ったら行け！　もうギルドと約束ができてるんだ、お前なんか潰すのは容易だぞ！」

なんか面倒そうなのも無事で、黒精霊が憑いていない。隣でクリーム色の座布団みたいな精霊がおろおろしている。

たぶん、この座布団のお陰で黒精霊が避けているのだろう。他の奴らに憑いてる黒精霊や、今まで迷宮内で見た黒精霊よりでかいし。

「おいおいおい、約束ができてるなんて公言していいのかよ……」

ディーンが呆れたように呟く。

「考えられるのは、口から出まかせか勘違い、もしくは使える回復魔法の効果がよほど高いか。副ギルド長が出てきてるんだから、ギルドと話ができてるってのは本当かもな。どう話ができてるか、勘違いしてる可能性はあるが」

レッツェが言う。

ギルドやら国やらという組織にはちっとも期待していないので、どんな話ができてても、驚かないぞ。たとえいい組織であっても、大多数のために個人を切り捨てる決断をするのが組織だろうし。

城塞都市の冒険者ギルドは、国の都合で手のひら返ししそう。偏見だけど。三権分立なんてもちろんしてないし、権力者が好きなように法律変えられるし、したい放題。俺も島でやってるけどね！

「4人だ、俺は大剣《たいけん》の男をやる」

ディノッソ。

「では私は女性を」

アッシュ。

「うむ、ショートソードの男を」

カーン。

「では私は、両手剣の男を」

執事。

「じゃあ、俺あのローブ」

参加、参加。

「「「「やるな」」」」

なんか4人くらいの声が被った。

「何をするつもりだ？　大人しくしてろ」

レッツェに拘束される俺。

黒精霊討伐はあっという間、返す刀で魔物討伐。

「な、なんだお前たちは！」

突然現れた俺たちに驚いて後ずさる座布団ローブ。

「副ギルド長の依頼で、あんたらを回収しに来たんだよ。行動がおかしい者は、黒い精霊に憑かれてる疑いがあるから、眠らせた」

あ。ディノッソ、そっと見えるの隠してる。さては座布団ローブを面倒くさい認定したな？　気持ちはよくわかるぞ！

「おお！　イスカル殿か！　それにしても強いな、僕の専属にならないか？」

え、それで全部納得してスルーできる、だと!?

「断る。さっさと上に戻るぞ、副ギルド長が迎えに来ている」

座布団憑きローブ男の勧誘を断るディノッソ。

スルーしてさっさと縛り上げにかかっている執事。亀甲縛り、早くなったな……。カーンまで亀甲縛りするようになってしまったし、なんかいたたまれない。

「よし、40層で魔物を狩ったことだし、戻ってやってもいい。その前に食事だ――ん？　お前女か？」

「髪は伸ばしているけど男、リボンは私のポリシーだよ！」

アッシュの前に出て、前髪を払いながらクリスが答える。

……そういえばクリスって、ディーンが嫌がるから貴族の相手を引き受けてたんだっけ？　いかん、顎割れとオーバージェスチャーが格好よく見えてきた。

「見ればわかる、お前じゃない！　後ろの奴だ！」

「私か」

アッシュが答える。

「そう、お前。胸はないが綺麗な顔を――」

顎に掌底《しょうてい》を叩き込む俺。締め落とすとかならともかく、滅多に失神なんかしないけど、上手く当てればここは脳震盪《のうしんとう》を起こす。

ついでに執事の攻撃も入ったので、無事気絶した模様。死んでないよね？

「おいっ！」

お守りさんが慌てる。

「行動がおかしいので、黒精霊が憑いている可能性がある」

平坦な声で言ってみるテスト。やっぱり一緒にやっておけばよかった気がする。

「ああ、まあそうだな。黒精霊だな」

「黒精霊が憑いてたんだな」

「黒精霊ってことで、１つ頼むよ！」

ディノッソとディーンはいいとして、クリスのセリフはアウトではないだろうか？

出頭しました。手加減もしたので、拘束を解いて脱走した件について、減刑をお願いします。

「別に怒ってねぇよ。アレの身分を聞いちまったあとだと、もっと面倒だった気がするしな——黒精霊なら仕方ねぇだろ。あとお前、魔法使い設定な」

元の位置、レッツェの隣に戻った俺。最後は小声で脇腹をぐりっと指でされたが、どうやら無事減刑された模様。

「レッツェか。助かった、ありがとう」

お守りさんがレッツェの姿を確認して、ホッとした様子。お礼の言葉は、全員に。

「久しぶりだな、メイケル。お互いこんなとこで会うとは思わなかったな。で、それは何なんだ？　上に副ギルド長が来ているのは本当だぜ？」

どうやらレッツェの知り合いのようだ。

執事がいい笑顔で、座布団ローブに猿轡《さるぐつわ》を噛ませて縛り上げているのが見える。背中に足をかけて、ぎゅうぎゅうに縄を引っ張ってるのだが、みんな見ないふり。

「ありゃ、神殿の神子《みこ》だった奴だ。前の神官長の息子で、成人して2年、まだ聖人の認定がもらえないことに腹を立てて、冒険者に鞍替えするって騒いでるのさ」

何だ、何だ？　お守りさんから、神子とかなんか中二病っぽい単語が出たぞ？

「あー。前の神官長が慕《した》われてた上、治癒の腕だけはよくて、欠損も治すっていうアレか」

「そう、扱いに困るアレだ。冒険者ギルドの方も、まあ、欠損で担ぎ込まれるのは、高ランクの冒険者が大半だしな」

2人の話に聞き耳を立てる俺と、他の面々。

どうやら我が儘《まま》で横暴なローブは、欠損を治せる力があるため、お世話になることが多い冒険者ギルドをはじめ、扱いあぐねているっぽい。

よしわかった。座布団を取り上げて、他の神官に適当にくっつければ、ギルドの方は解決だな？

「起き出して面倒なことになんねぇうちに、進んでおこうぜ」

ディノッソの言葉で歩きながら話すことになる。

座布団ローブ改め、我が儘ローブはカーンが担ぎ上げてるからいいんだけれど、黒精霊憑きがいるので歩みはそう早くない。20層に着くまでには何事もなくても1泊は確実。

色々聞きたいことはあるけど、冒険者としての一般知識をお守りさんの前で聞いてしまってはまずいので、大人しくしている。

『座布団くんは、喋れるの？』

座布団がこちらの問いかけに気づいたようで、ちょっと上体（？）を持ち上げ、角《かど》を振ってくる。

どうやら喋れないタイプのようだ。でも、人との意思の疎通は図れそう。

『その憑いてる奴のこと、気に入ってるのか？』

これもまた角が振られる。

よし、第一段階クリア。本人の意思の確認は大事だと思う。なお、我が儘ローブに関しては考えないものとする。

『他の奴に憑く気はない？』

下半身（？）を丸めて、上の角で盛んに指す。

『それで縛られてるのか？』

上の一辺が上下に振れる。

座布団の裏側――浮いているので丸見えだが――の4分の1に、アズの時のような呪文の書き込みのある帯が巡っている。

『我が血に連なる者に、魔力大きな者が出た時、憑き、助けよ。代償はその魔力なり――か』

その他、憑かれた者の安全に関するお決まりの模様の数々。もちろん、むしっと取って廃棄です。

「ぐぅ……」

変な声が我が儘ローブから漏れる。

体を折り曲げ、せっせと下半身を確認している座布団。

『神殿関係者に好きな奴がいたら憑いてやってくれ。でも、不本意に拘束されてたんならそれも嫌だろうし、好きにしていいぞ』

魔力の大きな者が現れない間は自由だったのだろうけど、一体、何代前の契約なのかわからない。結構長い間、拘束されてたんだろうか？

『ああ、そうだ。そいつの魔力、2、3日失神するくらい吸っちゃって、吸っちゃって』

お？　いいの？　みたいに上半身を上げて、少し間がある。

カーンに担がれた我が儘ローブの背中に乗って、魔力を吸い始める座布団。ゆっくりたっぷりお吸い。

『お前、精霊に何をやっている？』

『黒っぽいモノが憑いていたので、破棄しました』

カーンに見とがめられたけど、気にしない。黒精霊ですよ、黒精霊。

『微妙な悪さをしている自覚があると丁寧語になると、レッツェが言っていたぞ……』

レッツェ!!

レッツェを見たら、お守りさんと話している。

『そういえば、神子って知ってるか？』

『話を逸らしたな？　神子は、俺の時代と変わってなければ、神殿が囲っている子供のことだな。その神殿が信奉する神の系列の精霊が憑いているか、憑きやすいかが条件だ。神殿内で都合のいいように教育しつつ、精霊が憑きにくくなる成人までは、なるべく系列の精霊が集まる場所から出さない』

　カーンがわかりやすく説明してくれた。より面倒にはなっているかもだが、大筋では変わっていない気がする。

『なるほど。精霊が憑きやすい条件の中に閉じ込めておくのか』

で、思ったように精霊が憑かなかったら、成人と共に放逐《ほうちく》されるか、ただの神官になるわけか。

『これは俺の理解だ。神殿には神殿の言い分があるだろう』

『精霊の枝』は全ての精霊を受け入れる、街に密接した場所。一方、神殿は特定の精霊を崇《あが》める集団が、組織だって動く場所。

　他の精霊に対してもおおらかで、領主と同じように『精霊の枝』を管理する神殿、逆に排他的で過激な神殿まで規模も在り方も様々。

　火がなくても、水がなくても生きていけないから、精霊を排除するというより、違う精霊を信奉する人間同士で争ってるだけだけどね。面倒くさい。

精霊同士だと、自分の存在でうっかり相手を消しちゃうことはあるがな！　火の精霊が近くにいた、木の精霊を取り込むとか、水の精霊が土の精霊を流してしまうとかは、日常茶飯事で自然なこととして、ちょっと戸惑いを見せることもあるけど本人同士気にしていない。

精霊が良くも悪くも大きく感情を動かすのは、人の手が加わった時が多い。

『今の時代のことは、レッツェにも聞いておけ。いや、待て。俺が聞く』

ちょっと、カーン？　その心変わりはどうしてか聞いていい？

「起きねぇけど、大丈夫なんだろうな？」

ディーンが我が儘ローブを見ながら言う。

「平気だろ」

座布団が魔力を吸ってるだけです。

「治癒は精霊の能力だろうから、怪我をしていても治る。——それにしても、こんなに精霊に懐かれているのに、あの性格か……」

ディノッソが担がれた我が儘ローブに、ちらっと目をやって言う。

「……」

くっついてるのは、魔力を吸ってるだけです。傷を癒《いや》しているわけでも、懐いているわけでもないです。

俺には、座布団被って寝ているように見えるけど、ディノッソとかには光の球が背中にくっついてるみたいに見えてるんだろうな。

「メイケル、魔物がいないうちに下層の近道を開拓しとこうってんで、20層に物資が続々届いている。腹一杯飲んで食ってってしていいぞ」

レッツェがお守りさんに状況を説明している。

お守りさんから小さく感嘆の声が上がったのは、ディノッソのことでも説明した時だろう。ディーンより少し上の年代だけど、だからこそバルモアのことは知ってそうだし。

執事によって、豚の燻製が分厚く切られ、熱したフライパンに放り込まれると、滲《にじ》み出た脂《あぶら》が弾ける。

ホットサンドメーカーや焚き火台は、お守りさんがいるのでお休み。ドライトマトはダメだろうな……、でもキノコならいける。

ディーンから分厚い鉄鍋を借りて、乾燥キノコを入れ、水代わりの薄い酒で戻す。胡椒少々、塩気はベーコンの細切れを放り込んだのと、水気が少なくなったところで投入したチーズから。

日もちする代わりに、ぎゅっと身が詰まって硬いパンを薄切りにして、適当に炙る。その上に、鍋のキノコを載せてみんなに配る。パンは城塞都市で買った、中も焦げ茶色で、ちょっと酸っぱいやつ。本当はもっと北の方のパンらしい。

そろそろ鮭《さけ》の季節だし、釣りに行ってみようかな？

「美味い、それに熱いのが嬉しい。そういえば王狼バルモアの精霊は火のドラゴン、でしたね。精霊が少ないのは予想してたんですが、魔物もいないだろうってことで、27層くらいまでは行けると思ってしまった。ご迷惑をかけました」

改めて全員に頭を下げる、お守りさん。

「予定通り、27層くらいまでなら行けたろ？」

「いや、そいつらが最初におかしくなったのは24層の途中だ。気づいた時点で戻るべきだったんだが、俺では止めきれなくってな。微妙に家族を害するようなことまで仄《ほの》めかしてきた。さすがに、そこまでするような奴じゃないと思ってたんだが、見誤っていたようだ」

レッツェに答えて、肩をすくめるお守りさん。

精霊が少ないことを予想して、高いけど火が消えにくいランタンを買ったり、色々準備したんだそうだ。

お守りさんが漏れ聞いたギルドの予想は、精霊がそこそこ残り、黒精霊が生まれているものの、黒精霊同士、もしくは残った精霊を取り込むことを優先している状態、だったらしい。

ただの勇者じゃなくって、『人形』だ。精霊を食らって力にするので、実際は精霊も黒精霊もほとんどいなくなっている。

黒精霊も少なかったけど、他に食ったり憑いたりする対象がいなかったのだろう。意思あるものに憑くのは結構大変なのだが、ストレスのかかる環境や、精神が怒りや悲しみ、疑いなどで不安定だと、比較的憑きやすいらしい。

たぶん、我が儘ローブが憑かれなかったのは精霊のお陰、お守りさんが選ばれなかったのは、安定した精神のお陰。

「食後のお茶をどうぞ。リラックスする調合です、見張りはこちらでいたしますので、ゆっくりされてくださ い」

執事がお茶を勧めると、最初は遠慮していたものの、うつらうつらし始め、しばらくすると大人しく横になった。

執事、それ本当にハーブの類《たぐい》？　脱法ハーブもハーブですとかいう落ち？

「さて、ちょっと予定と情報のすり合わせと行こうか」

ディノッソが手を擦り合わせて言う。

「まず、神子というのはなんだ？　俺の認識としては、神殿で精霊が憑くことを期待して養う子供だが」

「身も蓋もねぇが、大体合ってるな。口減らしで殺されるのと、衣食住が保証されて囲われるのと、どっちが幸せかは本人の判断だ」

カーンの質問にディノッソが答える。

執事にお守りさんが退場させられてるので、俺も質問していいだろうか。

「神子ってのは、俗世の価値観から離して必要な知識だけ学ばせて、神殿の顔として儀式や祭《さい》祀《し》に参加させる。普通はあんまり表に出ねぇんだが、城塞都市の神子は欠損も治すってんで、金を積む奴が多い上、神殿も断らず、露出も多けりゃ、金積んだ奴との交流もするってのは聞いてる」

「神殿の広間に描かれた魔法陣と、他に5人から6人の補助を使って行う。一度だけ見たことがあるよ！」

ディーンとクリス、さすが城塞都市に通う男たち。というか、見学可なんだ？

「面のいい奴を選ぶところも多いな。白状すると、最初はジーンはどっかから脱走した神子かと思ってた」

「俺はルフだと思ってた」

レッツェが言えば、ディノッソも。

「ルフは、非現実的で思いつかなかった。そのうち浮世離れしてるだけじゃなく、明らかにおかしいのがわかって、隠れ里から出てきたルフの疑いも持ったけどな」

「明らかにおかしいってなんだ」

レッツェの言葉を聞きとがめる俺。

全員、俺を見てから、一斉に目を逸らすのやめろ！

「国も宮廷魔導師として魔法使いを集めておりますし、神殿も適当な地位を設けて魔法を使える能力者を集めております。神子の他にも『精霊の蕾《つぼみ》』など、名誉と尊敬、報酬もそこそこでございますが、実権がない地位でございますね」

執事が話を元に戻す。

『精霊の蕾』は、坑道で大福とくっついてた女の人が言ってたやつだ。周囲の——神殿に集まっている精霊から力を借りて、回復や治癒を起こせる女性のこと。男は『精霊の葉』だったかな？　うろ覚えだけど、調べた！

魔法の使い方としては、俺も両方やってるけど、契約した精霊の力を借りるか、周囲の精霊の力を借りるか。契約した精霊は別として、普通は憑いている精霊がいると、周囲の精霊は力を貸さない。

同系統の魔法ならば、憑いてる精霊経由で協力も考えられるけど、力を貸した時に、その相手の魔力なりなんなりをもらうことになるので、その人のことが気に入っている精霊に遠慮してってことらしい。

あの坑道で会ったぽよんぽよんした女性が、大福に憑かれたから蓄じゃなくなった的なことを言っていたのはそのせいだろう。寝ちゃうっていうのもあるかもしれないけど。

それにしても、大福こねたい。

「20層にいる眼鏡にさっさと引き渡して、家に帰って風呂に入りたい」

「お前、本当に風呂好きな」

「潔癖症気味だね！」

俺の感覚から言うと、ひと月以上入らなくって平気なのが信じられないよ！

カヌムは森のお陰で、水も薪も手に入りやすい。さらにディーンとクリスの２人は水浴びの習慣があるんで、普通の街の男よりは綺麗好き。洗濯屋を使うようになってから、着たきり雀《すずめ》じゃなくなったし。そうしないと、俺が突撃してって脱がすからな気もするけど。

冒険者は比較的綺麗にしてる方だけどね、鼻の利く魔物は多い。

「ジーンに勧められて入浴の習慣をつけたが、体調がいい」

アッシュの言葉に頷く執事。アッシュと執事に風呂の習慣がついて何よりです。

貴族じゃ、布で拭き浄《きよ》める清拭《せいしき》が主流だったらしい。他に手や口を水やワイン、酢ですすぐとか。

姉たち勇者が頑張ってくれたお陰で、西の方では空前の風呂ブームだが、水と薪の問題があるので庶民には行き渡らないかもしれない。

マリー・アントワネットは、病的な潔癖症って呼ばれてたんだっけ？　1カ月に1回の割合で体を洗っていただけで、そんな呼ばれ方をした俺の世界の近世よりマシかもしれん。

「お前も律儀だな。戻った時に入ってくりゃいいのに」

レッツェが言う。

「それはズルだからダメ」

この穴蔵から出て、外で散歩してるだけでもだいぶ反則だと思う。リシュに匂いを嗅がれる時間が伸びてきてるのが辛《つら》いくらいだし、我慢する。

帰ったら秋刀魚《さんま》を焼いて日本酒だ。誕生日を過ぎたから、日本基準でも酒が飲める歳《とし》になったのだ！

「そういえば、みんなって誕生日いつだ？」

「私は水の月だな」

水の月は2月頃だ、こっちは冬の方が雨が多い。

最近、月の呼び方は学習した。学習前は全部1月とか2月とか、日本の一般的な呼び方で聞こえてたんだから不思議だ。

「何日？」

「その月に生まれたとしか。日付まで記録されるのは王家くらいなものではないか？」

えー？

「ちなみに、俺たち庶民は全員新年に歳を取るぜ？」

えー？

「地方の貴族もそうする家が多いですな。領民と一緒に歳を取り、祝うという。中央の貴族は、誕生のお披露目もございますし、祝いが重ならぬよう月で分けたのでしょう」

執事が説明してくれる。

「ジーンはいつなのだ？」

「篝火《かがりび》の月の22日目」

篝火の月は、月末に篝火を焚いて夜通し騒ぐ祭りがある月だ。先祖が帰ってくるとか、精霊が騒ぐとか、色々理由をつけてるけど、祭りだな。

「む、過ぎているではないか！」

アッシュの言う通り、ちょっと前に過ぎた。いや、アッシュの基準だと、1日が誕生日祝いの日みたいだから、1カ月過ぎたことになるのかな？　とにかく成人しました！

「おう、おめでとう」

そう言ってナッツバーを手に載せてくるレッツェ。

それを手始めになんか色々食い物をもらった。


こんな感じで、平和な道中を過ごしてきた俺たちが、20層に戻ると事件だった。

「なんだいあれは？」

「46層の『地を潜る蛇』だな。さてはショートカットの調査で、うっかり釣ってきやがったな」

舌打ちしそうなディノッソ。

蛇とはいうが、一抱えはありそうな大蛇《だいじゃ》。魔物の証であるツノとは別に、頭のあたりの鱗《うろこ》には突起物があって、尻尾にも棘《とげ》のようなものがある。

俺たちが来た時、最初に見たのは鉄籠が空に放り上がる場面。鎖が外れて落ちてゆく鉄籠に代わって、顔を出す蛇という状態だった。

名前からして、穴を掘って進むのだろう。その開けた穴に、崖を降りて上から入ってしまった感じか。もしくはあまりのうるささに出てきたか。

そりゃ、人にとってショートカットなら、魔物にとってもショートカットだよな。たまたま今まで、飛ぶタイプがコウモリくらいしかおらず、狭いところを好む魔物だっただけで。

「そいつは毒を纏っている！　安易に近づくな！」

ディノッソの声が飛ぶ。

『地を潜る蛇』がいる崖と、俺たちとの間には距離があり、中間に崖で作業をしていた人たちがいる。

その中で、坑夫っぽい人を庇って冒険者が大蛇に向かう。ディノッソの声が届いた時には、すでに走り出していて止まれなかったようで、大蛇に辿り着く前に膝が崩れて倒れ込む。

振り上げられた棘のついた尻尾、吐かれる毒液。

「くっそっ！」

レッツェがいきなり膝をつく。

飛び散った毒液が届いたのかと、慌てて支えようとしたら、蔦がですね……。

「おい、大丈夫か!?」

お守りさんも駆け寄ってきた。

『俺の方から吸っていいぞ』

状況判断すごいな、俺は大蛇に注意が行っててスルーしてたよ、と思いながらレッツェの剣に話しかける。

伸びた蔦は崖に消えている。たぶん、鉄籠支えてるんだろうなこれ。

『あ、面倒なので関係者以外の見える人から吸っちゃって、吸っちゃって。代わりに怪我人の回復と、大蛇と戦ってる人の補助よろしく』

周囲の精霊に頼む俺。主に座布団と白蛇くんにだが。

「何⁉　精霊の暴走……っ」

眼鏡が膝をつくと、そばに倒れていた大蛇から毒を食らった人の体が淡い光で包まれる。

「おお？　なんだこれ？」

「たぶん、耐毒防御。行ってこい」

ディーンが上げた声に応える俺。

「それはありがたいね！」

「行って参る」

ディーンに続き、クリスとアッシュも走り出す。ディノッソとカーンはもう動いている。

フェチ精霊ズも参加してくれてるし、アズも張り切ってつつきに行っている。見知らぬ精霊も参戦して、なんだかよくわからんけど、光ってる人は毒が平気になった様子。

その淡い光は、精霊が見えない人にも見えるらしく、倒れた人が起き出して、淡く光る自分の手を見て不思議そうにしている。いいから逃げろ。お前ら、毒が効かなくても絶対尻尾で吹っ飛ばされる。

執事の精霊も壁の陰からこっちを見ている。――参加してもいいんだぞ？

俺が暗躍（？）している間にも、『地を潜る蛇』はディノッソと、面倒くさそうにのっそりと進み出たカーンにボコにされている。

最初の冒険者と比べて強すぎないか？　さすが伝説と王様？　火を纏ったディノッソの剣が、火の粉を散らして薄暗い洞窟に炎の線を描く。

おっと、眼鏡が失神しそうで、ライトが薄暗く。

『さっきの眼鏡程度の明かりを、大蛇の周りにお願いします』

眼鏡の他の魔法も見たかったのだが、どうも機会に恵まれない。って、もしかして今がその機会だったのか⁉

明かりに照らされた『地を潜る蛇』の周りには、よく見ると他の魔物の姿もちらほらと。大蛇に便乗してついてきたのか？

「助かった」

レッツェの声に続いて、がっしゃんと音を立てて、鉄籠が目の前に転がる。中に2人いたようで、呻《うめ》き声が少々。どうやら引き上げ成功のようだ。

蔦の強度は俺が思ってたより強靭《きょうじん》だ。

するすると剣に戻る蔦。完全に戻り切る前に、俺とレッツェに挨拶代わりに纏わりつく。レッツェに至っては、汗で顔に張りついた前髪を払われてるし、よく懐いているようで、何よりだ。

レッツェの剣がバレるよりいいな。うん、魔法はまた見る機会があるだろう。冒険者ギルドで依頼を出して、見せてもらうとかできるかな？

「よっしゃ！　絶好調！」

「いいね、今日は思う通りの軌跡が描ける」

ディーンとクリスは戦いの最中も騒がしい。２人とも、憑いている精霊が張り切ってるんですよ、それ。

２人の精霊は、いつものあの俺を笑わせにかかるポジションではなく、精霊剣を握る拳の近くにいる。

ディノッツソの剣ほどではないけど、ディーンの剣も炎を纏い、クリスの剣も白く刀身が輝いている。


決着は簡単についた。

「本当によく斬れるな。刃こぼれ１つしてねぇ」

剣を光にかざして確かめているディノッツソ。

俺の作った剣だが、戦いの最中はドラゴン型の精霊の力が流れ、炎を散らし、さらに格好よくなってた。

「解体は骨が折れそうですな」

「どっちにしてもここで1泊だ。手伝わせるさ」

ディノッソと執事の会話。

「怪我人の手当て――いや、治っているな。ひとところに集めよう」

アッシュが倒れている人の様子を確認し、動ける人に指示を出している。

お守りさんが、ちょっとレッツェを見、それにレッツェが手を振ると小走りに鉄籠に向かった。

「きつ……」

さらにぺたりと体を投げ出すレッツェ。魔力切れは座っているのも面倒な感じになるよな。

フラフラなレッツェを壁際に運んで、布団を敷いて寝かせる俺。

『地を潜る蛇』は確か、血が抜け切る前に心臓を抜け。お前、魔法使い……。あとお姫様抱っこはやめろ……」

人の脇腹をぐりぐりする余裕はある様子。

自分よりでかい男を軽々抱えるのはおかしかったろうか。他も忙しそうで、見られてないと思うけど。

さて、俺も気を失ってる面々を並べてこよう。

一通り手伝って、レッツェの様子を見に戻ると、まだぐったりしているものの、顔色も戻って呼吸も正常、だいぶ楽になった様子。

「水飲むか？」

「くれ」

水を飲ませるために、上体を起こそうとするのを手伝う。

「いてっ」

「ん？」

肩を押さえるレッツェ。

「どうした？」

「こいつは頑張ってくれたが、どうも俺の体が支えきれなかったらしいな。どういう原理かわかんねぇが、鉄籠に蔦が届いた時に、衝撃が俺にも来た」

自分の肩から腕を撫でるレッツェ。

「自力で落ちてく鉄籠支えるよりゃ、はるかに少ない衝撃だ。２人助かったんだから安いもんだろ」

魔力切れだけじゃなく、物理的にもダメージ来てた！

「早く言え」

光の精霊に回復をお願いして、レッツェを治す。

「お前、そういうことをするんじゃない。目立つだろうが」

「回復はほら、白蛇く……じゃない、眼鏡の精霊が頑張ってくれてるし、平気平気」

白蛇くんは張り切ってあちこちがぶがぶして回っている。鼻歌混じりっぽく怪我人の間を移動してはがぶってして、数人回復させたら眼鏡のところに戻ってがぶって。

あれ、眼鏡大丈夫だろうか？　いや、白蛇くんとは付き合い長そうだし、加減するだろう、さすがに。


怪我人の世話、魔物の解体、あらかたの処理が済むと今度は打ち上げだ。

大きな焚き火に職人たちが使う大鍋がかけられる。一旦中身が入ったら、1人2人では持ち上げられそうにない大きさだ。

そして、こうなったからには大半が一度外に戻るだろうから、使う食料に制限はない。

白蛇くんや、他の精霊たちも一応加減はしたようで、怪我が治りきっていない人もいる。そして指導者である眼鏡は魔力切れで唸《うな》っている。

あとから資材と共に持ち込まれた食材は、根菜類と塩漬け肉が主なんで、ポトフだポトフ。

あんまりいい肉じゃないけど、大鍋で大量に煮るとなぜか美味しくなる不思議に期待しよう。

執事の指示で、動ける男どもが野菜を切り、鍋に放り込む。誰だ、玉ねぎの皮剥かなかったの！

命が助かった直後だからか、やたら陽気に盛り上がっている男たち。魔力切れ組は、うんうん唸ってるけど、レッツェは回復。座布団とか白蛇くんたちは、限界ギリギリまで吸ったようだ。寝る時の位置取りはカーンの陰にして、朝の抜け出しに備えたり、気を使ったけど、結構キャンプファイヤーみたいで楽しかった。

「ありがとうございました、大変助かりました。それにしてもなぜ精霊が暴走を……」

眼鏡が謝意と疑問を伝えてくる。

「レナード殿が最初に気を失っているようですので、暴走はレナード殿の精霊が原因だと思われますが……」

ここでちらっと確認するようにディノッツォを見る。

ちなみに、レナードというのは我が儘ローブのことだ。俺は覚える気ないけど。

「道中は大人しく、ずっと飼い主のそばにいるように見えたが。——肝心な時は、『地を潜る蛇』に意識がいっていた。暴走に気づいたのは、周囲の精霊全部がおかしな動きを始めてからだ」

ディノッツォが答える。座布団は大人しく魔力を吸ってただけだが。

眼鏡は自分の精霊が、おかしな動きをしたことを知っている。いざという時の責任を我が儘ローブに被せたいんだろう。金ランクのディノッソの言葉は重い。

ディノッソは、事実を述べるにとどめたので、アテが外れたのだろうけど。

この眼鏡は、精霊が見えないふりをしていたというか、見えると言わなかった悪い眼鏡です。レッツェからの事前情報で、俺たちには全く意味がなかったけどな。

結局、最初から気を失っていた我が儘ローブは別として、「関係者以外の見える人から魔力を吸っちゃって」で倒れたのはこの眼鏡だけなんで、見えることは確実。

白蛇にがぶがぶされてることに気づかないところを見ると、光の玉に見えるパターンかな？　契約精霊は結構姿を見せてくれることの方が多いらしいのに……。

そう思いながら白蛇を見ると、すごくご機嫌で眼鏡の肩に鎮座している。

懐いてないというより、白蛇がちゃっかりした性格で、はっきり見えない方が自由に動けるってわかってるな、これは。白蛇くんの方が一枚上手なようだ。がぶがぶしたからか、なんか心なしか大きくなってるし。

座布団はもう迷宮から出て、城塞都市にある神殿に帰っているはず。神殿の誰かに憑くつもりはないっぽいけど、付き合いの長い精霊がいるみたいで、挨拶しに行ったようだ。

「そばにいた、レッツェさんも気を失ったと聞きましたので、そうかと思ったのですが……」

困ったように笑う眼鏡。

そういうことにしてやってもいい。外に出てきた蔦に気づかず何よりだ。

我が儘ローブは意識を取り戻すと、伝説の金ランク王狼バルモアだと知って、ディノッソに絡んで軽くあしらわれ、お守りさん以外のちやほやしてくれるパーティーメンバーにちやほやされに戻っている。

我が儘ローブに座布団が憑いていないことを知ったせいか、眼鏡も少し距離を置いた模様。もともとかもしれんけど。座布団がいなくなっても、お偉いさんの息子だってことは変わらないので、口調は丁寧だ。

座布団が我が儘ローブに契約で縛られる前も、神殿では身体欠損の治療が行われていたそうで、一安心。ただ、魔法陣を使った儀式に人と触媒《しょくばい》と時間がかかったそうだけど。治すのに金が倍以上かかるようになるね！

我が儘ローブも魔力はたくさんあるみたいだから、神殿での地味なお仕事に従事することになるだろう。他の精霊に力を借りることができるならともかく、たぶん魔法陣なしでは何もできないと思う。そして座布団頼りだっただろう我が儘ローブに、魔法陣が描けるとは思えない。

眼鏡に聞いたら――聞いたのはレッツェだけど――怪我を治す時、油断すると術者が、治す部位と同じところを持っていかれることが多いのだそうだ。なので、眼鏡が懐に入れてるみたいな魔法陣を使う。

眼鏡は一応、魔法陣なしでも魔法が使えるけど、ちょっと高度な条件をつけた魔法や、精霊から魔力以外の対価を求められやすい魔法を使う場合には、魔法陣を使うそうだ。

俺も、それらしい魔法陣を懐に入れてチラ見せしよう。

『地を潜る蛇』は、ちゃんと心臓を先に抜き、ツノと毒牙、皮をディノッソたちがもらって、他は残りの全員で分けることになった。骨と瞼《まぶた》は高めに売れるのだそうだ。

なお、蛇の瞼は透明な模様。実はずっと目をつぶってる状態らしい。眼鏡に憑いてる白蛇は、瞼があって瞬《まばた》きするのにな。

肉の方も、心臓を先に抜いたことで、利用価値が上がったらしい。血が体内にとどまったからとかなんとか。

今、迷宮の魔物の特徴と解体データは61層まであるそうで、有料で買える。ランクで閲覧制限があって、レッツェは銀に上がった時に、ここの資料だけでなく、見られるようになったギルド保管の資料に目を通したのだそうだ。勤勉すぎる。

ちなみに57層以降の魔物のデータは、ほぼ王狼バルモア——ディノッソのパーティーが過去に持ち帰ったものから研究されたそうだ。でも、本人は、研究の結果得られた最適な解体方法とかは知らないっていう。大雑把《おおざっぱ》すぎる。

やはり一度全員引き上げることになり、俺たちは先に戻ることになった。他の人たちはここの片づけがあるからね。我が儘ローブのパーティーも早く外に出たいようだが、崖を登るのも嫌らしく、鉄籠が直るのを待つらしい。

報酬の話もあるので、1週間ほど城塞都市に滞在することになりそう。俺は抜け出すけどね！迷宮の魔物倒そう、魔物。せっかく迷宮に来たんだし、スッキリ爽《さわ》やか魔物討伐がしたい。いや、でも島の様子も見に行かないといけないし、畑も心配だ。悩ましい。

帰りの馬車の中は、俺たちだけだった。レッツェはちょっと世間話してくると言って、御者《ぎょしゃ》台《だい》に行ったので留守だけど。

レッツェとアッシュは、鎖登りで結構疲れたっぽいのに。先に行って、荷物を引き上げたりしたけど、崖上りは見るからにきつい。俺は身体能力がめちゃくちゃなので平気だけど、どう考えてもきつい。

カーンとディノッツォはでかい割に猫のようにするすると登っていて驚いた。2人とも、体の重さを感じさせないし、執事の鎖はほとんど揺れることなく、なんか不思議だった。

俺が一番がちゃがちゃ言わせてたので、これも要修業のようだ。力技でなんとかなってるけど、ちょっと恥ずかしい。

浅い層は、朝入って夕方遅く戻る日帰りだし、馬車代がかかっているから、冒険者が早い時間に戻るなんてことは滅多にない。

お天道様がこんなに高い時間に帰るのは、泊まりがけで潜る人くらいだが、今はギルドに止められていていない。この時間の馬車は、20層で働いていた人たち用だ。

あ、もしかして迷宮立ち入り禁止でしばらく魔物狩りできないのか。残念。

「美味しいご飯も食べたいけど、風呂に入りたい」

「お前の基準に合格する風呂は、娼館か勇者が泊まってる宿にしかねぇぜ？　俺とクリスは娼館行くけど」

ディーンがからかうように言ってくる。実際からかうつもりだろう。

「風呂だけ借りたい」

そう答えたら、遠慮なしにゲラゲラ笑われた。

笑われたことより、執事に生温かい微笑みで頷かれたことの方が、なんかいたたまれないっ！

基本、迷宮の中では人の話を聞いているだけだったので、軽口を叩き合えるのが嬉しい。会話がないと、なんか傍観者っぽいというか、疎外感がひどかった。

馬車に揺られながら、どうでもいい話をみんなとする。

城塞都市に到着すると、ギルドに『地を潜る蛇』の素材の査定のために寄り、簡単に迷宮の状況を説明した。ランクアップがかかっている、ディーンとクリスにお任せ。

眼鏡が戻った頃にまた顔を出すことにして、素材は預かり証をもらって預けてゆく。ここでディーンとクリスはフェードアウト。金が貯まらない２人組はこれだから。思う存分むしり取られろ！

「勇者は帰ったってよ。高い宿、泊まってきてもいいぜ？」

レッツェが言う。絶対からかってる！

「みんな行かないならいい。それなら『家』に帰って風呂に入るし」

偽勇者が泊まっていた『天上の至福』は、クリスの贔屓の娼館だ。

風呂もあるし、魔法陣で冷房完備だし、シーツをはじめ、全部の布類を客ごとに新しくするという、こっちの世界では考えられない清潔な宿。ちょっと参考に一度見てみたいけど、アッシュの視線が気になる俺です。

「なぜ急に帰ったのでしょうか？　おそらく迷宮の攻略を続けるつもりで滞在していたのだと思うのですが」

執事が困惑してる。

「たぶん、誕生日だったから呼び戻したんだろ」

弟の都合や意見はまるっと無視だ。

「む。祝う心はあるのだな」

アッシュの言葉に、ちょっと肩をすくめる俺。

姉が誕生日に俺を拘束するのは、祝うためではなく、誰かに祝われるのを阻止するため。

ああ、でも今は取り巻きの人形なんだし、持ち主に祝われるのかな？

精霊に名付けることを承知したら、対価なのか神々がたまに勇者の詳しい情報をくれる。取り巻きがなんで俺の人形なんか作ったのか謎だ。

姉の性格からすると、自分のものと認定したものを、偽物とはいえ人が所有してるのは我慢ならないと思うんだけど。まあ、内輪揉めでもなんでもしてくれってことで、どうでもいいんだが。

屋台でパンや卵、リンゴやらを仕入れて、宿屋へ。宿屋の親父に盥《たらい》と湯を頼んで部屋にゆく。

偽勇者が泊まった宿じゃないけど、ちょっといいお値段のする宿で、暖炉のついた居間と続きの寝室が2つある部屋だ。俺の感覚で言うと、部屋数が足りないというか、ベッドが足らないんだけど。

「お前、まめだな」

虫除けの香草を焚き始めたら、ディノッソに呆れ半分に感心された。痒《かゆ》いのは嫌なんだよ！

アッシュと執事を残して、他は荷物を置いて井戸端へ。盥はアッシュ用だ。

「よく平気だな」

冷たい水を被って、ゴシゴシする。

「慣れだ、慣れ。湯を沸かすのが面倒なんだよ」

そう言うディノッソと、レッツェは平気そう。

脱いだはいいが、水を被る勇気がない。２人はザブッと浴びて、さっさと体をゴシゴシと拭き始めている。

「往生際が悪いな。陽が暮れちまうぞ」

レッツェからも急かされる。

「カーンは寒い組、俺の仲間！」

「む……」

砂漠の王様は、顔には出てないけど寒そう！　動きがちょっとゆっくりだ。

「しょうがねぇな。ほれ」

ディノッソが桶《おけ》に手を突っ込むと湯気が上がる。どうやら精霊に頼んでくれた模様。

今日は晴れてるし、これならセーフ。カーンはまだ寒そうだけど。

俺たちが戻るのと入れ替わりに、執事が井戸へ。全員さっぱりしたところで、街へと繰り出して、夕飯。

城塞都市は、野鶏の丸焼きや、野豚の料理が有名だ。普通のものもあるが、どっちも美味しいのは魔物だ。魔物化させるために、わざわざ森に放しているというのだから人は罪深い。食うけど。

「お疲れ様！」

ワインで乾杯して、料理に取りかかる。

こんがり焼けた野鶏を、執事が切り分けてくれる。中にはキノコや玉ねぎが詰まっているようだ。でかい野豚の肉の塊も控えているので、楽しみだ。肉スキーのディーンがいないけど、あっちはあっちで美味いものを食ってるのだろう。

「こちらのお店は、魔物化した個体しか扱いませんので安心です」

執事が言う。

結構、普通の肉を魔物化した肉だと偽って出す店も多いのだそう。鳥や豚の腿《もも》に足がついて売ってるのは偽物じゃない証明だそうで、魔物はツノのある頭をわざわざ見せに来るところもあるとか。ちょっと遠慮したい。

丸ごと焼かれた野鶏は、思ったよりもしっとり。皮にメープルシロップでも塗ってあるのか、ちょっと甘い。

「あー、普通に会話できるのいいな」

美味しい料理に自由な会話、幸せ、幸せ。

「ああ、聞きたいことがこれでようやく聞ける」

ディノッソが笑顔で言う。

「え？」

「まあ、ここじゃあれだ。部屋に戻ってからな」

レッツェも笑顔。

「うむ」

カーンが頷く。

全員頷いている？　不穏！

よし、話を逸らそう。

「ここの神殿にある魔法陣が見てみたいな」

飯屋から宿屋への道すがら、神殿の前に足を止めて見上げる。

白亜の神殿……と言いたいところだが、ちょっと黄色味がかった石でできている。上の方は雨で酸化でもしたのか、黒っぽい。いや、この世界に酸性雨があるか謎だが。

城塞都市はカヌムよりも古い街で、国がある程度計画的に造った場所だ。さらに昔の勇者が手を加えている。最初に来た時はさっさと逃げ出してしまったけれど、なかなか見所の多い街だ。

「数日はここで待つことになるだろ。副ギルド長が戻ったら、急ぐよう頼むつもりだが。暇だし、明日にでも来てみるか？」

「今日はもう神殿は閉まる時間ですし、明るい時間帯の方がよろしいでしょう」

ディノッツォが言い、執事がにこやかに提案してくる。

くっ！　真っ直ぐ宿に帰るつもりだな？

「諦めろ」

レッツェに軽く背中を叩かれる。

隣にアッシュ――を挟んで執事――とレッツェ。後ろにカーン、先頭にディノッツォという隙のない布陣で、宿に最短で着いてしまった。

宿屋の親父から薪を買って、俺が暖炉に火を入れる間、執事とレッツェが井戸で水を汲んできた。井戸の使用料を取る宿もあるが、ここは無料だ。

執事はお茶の用意、レッツェは蔦の剣を引き抜いて桶に浸して、お手入れをしている。

「……正しいようで何か違う」

それを眺めてディノッツォが、何事か呟いている。ディノッツォとディーンの剣は、軽く魔力を込めて燃え上がらせれば、刃についた汚れは綺麗になる仕様。

アッシュは、よほど酷使しない限り剣のお手入れは寝る前派。野営の時は、見張り番の時にしてるけど。執事は謎。

「さて。心の準備もできたことだし、質問を始めようか」

「悪いことしてないぞ」

心の準備もできてないことをディノッソに訴えたい。

「俺はまあ、見えねぇからな。たぶん告白されてもピンと来ねぇかな……」

レッツェがベンチに腰を落ち着ける。

カーンは暖炉のそばの床にマントを敷いて、その上にどっかり座っている。そういえばエスは椅子じゃなくて床生活文化だな。ああ、魔法陣つきのマントを作らなきゃな。

暖炉のある居間つきの部屋だけど、ソファじゃなく、背もたれのないベンチが2つあるだけだ。居間というより、ある程度金のある人たちが、絨毯持ち込みで泊まって、床に雑魚寝する部屋、が正しいかもしれない。

部屋の端にあったベンチを、向かい合うように動かして、俺とアッシュ、ディノッソとレッツェが一緒に座っている。普通はアッシュの斜め後ろにいることが多い執事が、斜め前のレッツェに近い場所にいる。

「よし、まず元神官長の息子に何をした？　副ギルド長が気を失ったのは、なんでか魔力切れに見えたが、アレがずっと起きなかったのは同じ類だよな？」

主に聞いてくるのは今回もディノッソ。よく見てるなあ。

「あれは起きてると色々面倒そうだったので、座布団くんに魔力を吸わせて魔力切れにした」

さすが魔力量があるだけあって、座布団がちょっとふかっとしたね。

「座布団？」

「我が儘ロ……元神官長の息子と契約してた精霊」

「あれ座布団っぽい外見なのか……」

困惑気味のディノッソ。

「ジーンお前、もうちょっとネーミングセンスなんとかする気ないか？　俺が精霊に薄ぼんやり持ってるイメージが、どんどんずれてきてる気がしてしょうがねぇんだが」

「正しいイメージも大切だと思います」

レッツェから苦情が来たが、名前の苦情は精霊本人からしか受け付けません。

「それが問題ではございませんのでは？　ジーン様は、人の契約精霊を使えるのですか？」

「あの息子のは本人が契約したわけじゃなかったし、どっちかというと昔の契約で縛られてたみたいなんで解放した。座布団にお願いしたのは、そのあとだな」

なお、今執事に聞かれているのは座布団のことなので、白蛇くんは考えないものとする。

「待って。そんなに簡単に契約って切れるもんなの？」

ディノッソが片手で顔を覆い、もう一方を突き出してストップをかけてくる。

「……アッシュ様のアズも」

執事がアッシュの方を見る。

「ああ。父の契約を解いて、私とアズを解放してくれたのはジーンだ。感謝している」

俺の方を一度見てから答え、肩にいるアズの胸を指先でくすぐるアッシュ。

「『地を潜る蛇』と戦った時、俺の精霊が勝手に張り切ったのもお前の指示だな？」

ディノッソが指の隙間から半眼で聞いてくる。即バレた⁉

「俺たち以外の見える人から魔力を吸って、回復と戦いのサポートをするのは、周囲の精霊にお願いしたかな……」

視線を逸らす俺。

「それで人に憑いてる精霊まで動くのかよ！　結構自分の精霊に好かれてるつもりだったのに！　泣くぞ⁉」

すでに涙目の模様。

執事が少し俯《うつむ》いてゆっくり頭を振っている。呆れられてますよ、王狼さん！

「大丈夫、ディノッソが好かれてるのは間違いないから」

ディノッソの精霊はキリっとした顔をしたドラゴン型、体表を炎が覆っている。今は暖炉の方——たぶん燃える火を気にして、興味なさそうにしているが、尻尾がディノッソの腕に絡んでいる。

「別に精霊だって、特定の人としか交流持っちゃダメとかはないだろう？　独占欲が強いのもどうかと思うぞ？」

「そういう問題⁉　俺が束縛キツイ男みたいに言うのやめて⁉」

ぱっと、こっちを見るディノッソ。

「人に憑いた精霊は、他人には目を向けぬものと思っておりましたが、認識を改めるべきのようでございますね……」

執事が微妙な笑顔で言う。

「精霊は周りで、というか物理世界で何か起きていても、自分の興味があること以外は基本スルーだし、その認識は間違ってはないかな？　声をかけると周りに気づく感じ？」

「まず、普通は精霊と話せねぇからな？」

なんだか不満そうに言うディノッソ。

「俺に至っては見えねぇしな。精霊との意思の疎通は難しい——一般的に言って難しいんだから、くすぐるのやめろ」

剣から蔦が伸びてきて、レッツェをつついている。

「わかった、わかったから。カヌムに帰ったら鉢に肥料入れてやるから！」

言質《げんち》を取って満足したのか、するすると引いてゆく蔦。

蔦の機嫌を取って、ほっとため息をつくレッツェに集まる視線。

「ああ、くそっ！　蔦の自己主張が激しいだけだからな！」

全員に注目され、中でもディノッソと執事からジト目で眺められて、焦るレッツェ。

「俺も精霊、甘やかすべき？　方法がわからねぇけど」

「甘やかしすぎるのも如何《いかが》なものかと」

言い合うディノッソと執事、無言でアズの耳のあたりをこりこり指先で掻いているアッシュ。

「そもそもはっきりした意思のない精霊もいるし、仲良くなっても姿を見られるのを嫌がる精霊も多いし……。レッツェは見えないのも魔力の放出ができないのも知ってたから、姿を現してもよくって、自分で魔力を吸えて、魔力以外の供給でも満足する精霊を選んでみた」

与えられないと魔力を受け取れない精霊とか、好きに吸いまくる精霊とかは弾いた。

精霊の意思でそれらをするならまだ制御できるのだが、本能に近いのか、対象がいれば魔力を吸いまくる精霊もいる。姿を見せたいのに、見せられない精霊もいるしね。精霊は千差万別で個性に富んでいる。

「感謝はしている、してるけど、剣の手入れをしてるのか、植物を育ててるのか、ペットの世話をしてるのかわかんねぇぞ」

「精霊との交流ですよ、交流」

「想像していたのと違う……」

桶に入った剣を見つめて、遠い目をするレッツェ。可愛がってるようで、何よりです。

「元神官長の息子の精霊は、どこへ行った？」

気を取り直したらしいディノッソが聞いてくる。

「たぶん、神殿。神殿生活が長かったから、たくさん仲がいい精霊がいるみたい？」

「なるほど、解放されて好きな場所に戻ったのか……」

執事の淹れてくれたお茶を飲んで、ちょっと落ち着いたらしいディノッソ。

茶器は、ダンジョンに持ってった金属製の無骨なやつだけど。丈夫さで選んで重い金属製にするか、軽さで木製にするかの大体二択。アルマイトとか軽くて丈夫なやつできないかな？

……作っても、お披露目できないものが出来上がりそうな気がそこはかとなく。

「精霊の解放は、どのような契約からでも可能なのでしょうか？」

今度は執事が聞いてくる。

「わからない。まだ2つしか解いたことがないし、そう強い契約ではなかったし、どっちも解放されたがってた。お互いに望んだ契約を切るのは難しい気はするかな？」

座布団の契約は結構複雑だったけど。古くてちょっとすり減ったように薄くなっていた。たぶん、契約を作った人の魔力が薄れてたか、契約を書いたモノが朽ちかけてたか。

「公爵家に戻った際に、父がアズとの契約を収めていた箱が壊れて、魔法陣の描かれた中の羊皮紙が炭化していたと聞いた。魔法陣を破る時、魔力が弾ける反動があると聞く。あまり無茶はするな」

アッシュが怖い顔で伝えてくる。

反動なんて、あったっけ？　あれ、もしかして箱が壊れたってことは、俺にじゃなくって、魔法陣のそばにいた人に？　アッシュの家の人を危ない目に遭わせていた？

「箱は万一の防御策だ。ジーンの契約を解く力が弱ければ、ジーンの方にダメージが来る」

「気をつける。ありがとう」

「そういえばジーンは何歳になったのだ？」

照れたのか、アッシュが怖い顔のまま話題を変えてくる。

「20、元の世界でようやく酒が飲める歳だ」

「そんな歳だったのか？」

レッツェが意外そうな声を漏らす。どういう意味だ。

「そういえば、ジーンは自分で出した酒には口をつけないな」

アッシュが思い出しているのか眉間《みけん》に皺《しわ》。さっきの怖い顔よりましだが、やっぱり眉を寄せるのが、癖になってるな。

「俺の元いた場所じゃ、大人にならないと飲めないんだよ。元いた世界の酒は、一応控えてた」

「やっぱり子供だったのか」

ディノッソ、やっぱりってなんだ、やっぱりって！

「20歳にしてはお若い……。ジーン様の元いた世界では、寿命は何年ほどなのでしょうか？」

「精霊憑きは大体若く見えるんじゃゃねぇの？」

執事の問いにレッツェが言う。

「平均は80歳くらい？　俺のこの見た目年齢――いや、体の年齢はそういえば聞いてない」

背が縮んだし、もしかしたら実年齢より若いのか？

「お前、自分の体のことだろうが！」

「こっちの世界に馴染む姿を適当に頼んだ。こっちの世界の平均的な姿とか、美醜《びしゅう》とか知らんかったし。ああ、あの時背丈と筋肉頼んでおけばよかった……っ！」

ディノッソに答えつつ、嘆く俺。

あの時はいっぱいいっぱいだったし、そこまで気が回らなかったし、外見なんかどうでもいいと思ってたからなぁ。

「嫌だぞ、カーンみたいな外見で、ダンゴムシつついてるのなんか」

レッツェが言う。

「いきなり俺を引き合いに出すな」

ずっと黙って聞いていたカーンが口を出す。

「お前、目立ちたいならともかく、精霊を憑けられることと、精霊を剥がせること、他人の精霊を動かせることは、絶対悟られるなよ？」

ディノッツォがため息をつきたそうな顔をして言う。

「国がらみのものはともかく、基本、精霊との契約が壊されるのは、術者が未熟ということになります。ですが、あまりお手軽ですと、どう考えても目をつけられますからな」

執事はもう平常運転で、微笑を浮かべている。執事は枝関連以外だと復活早いな。

「うむ。確実に国か貴族の取り合いになる、あるいは神殿か。それに、他の手に落ちるなら、いっそ、というのも出る。国での栄達《えいたつ》を望まぬなら、絶対に隠し通すべきだ」

隣でアッシュも難しい顔で口にする。

「止めないいんだ？　特に契約精霊勝手に解除とか」

「まあ、な。長く冒険者をやってると、絡め取られてやばい実験に使われる精霊とか見ちゃってるわけよ」

手をひらひらさせるディノッツォ。

そういえば伝説の金ランク冒険者だった。俺よりはるかに人の嫌な面を見ている気配。

「ジーンの安全を考えると、やれとは言えねぇ、でもやめろとも言えねぇ。ただ、絶対バレるな」

少し真面目な口調で、最後はむしろ脅すように睨まれる。

「わかった」

神妙に頷く俺。

「精霊を暴走させた方法は、見ていた私にもわかりませんでしたので、多用しなければまずはバレないかと。そちらの方法はあえて聞きませんが、ライトの魔法の調整方法をお伺いしてもよろしいでしょうか？」

バレないと執事のお墨付きをもらった。

……聞こえますか……今……あなたの心に直接呼びかけています——。精霊に心の中で話しかけただけだしな、特定の精霊を注視することもしてなかったはずだし、それでバレてたら怖い。

「ライトは眼鏡——じゃない、副ギルド長の使ったやつと同じくらいにしてもらった」

「相変わらず人の名前を覚える気ねぇな。ノートが言ってるのは、奴と同じように光を指定するために、何を使ったか？　だろ」

ディノッソに人の名前を覚えないことがバレた！

だが、この流れは、光の強さや大きさを指定するのに何か手順がいるらしい気配！

「……」

ちょっと黙る俺。

「そういえば何か唱《とな》えてたな？　あれが指定の呪文か？　部外秘みてぇ――いや、お前、さてはまた適当だな？」

レッツェは毎回図星を指してくるのをやめてください。

「さっきの眼鏡程度の明かりを、大蛇の周りにお願いします、って頼んだだけだな」

ちゃんと指定はしている。

「……ノート？」

「ジーン様、よろしければ魔法使いを紹介いたしますか？　普通を知らずにそれを装うのは困難でございましょう」

笑顔の執事。範囲内だった！

「お願いします」

ぜひ！　チラ見せ魔法陣が、どんなのがいいかも知りたいし。

「振っといてなんだけど、誰を紹介するつもりだ？」

「ハウロン殿を」

「それ、普通じゃねぇ！！！」

ディノッソが、執事が挙げた名前を聞いて叫ぶ。

「ハウロンって、もしかして王狼バルモアのパーティーにいた魔法使いかな」

レッツェ、なんかディノッソとバルモアを切り離して認識してない？　気のせい？

でも王狼のパーティーってことは――

「伝説？」

「そう、伝説。ただ、えらい偏屈《へんくつ》だって聞いたな。まだ生きてたのか……」

レッツェが考え込む。たぶんこれ、ハウロンとやらの情報を整理してるんだな。

「偏屈ゆえに、ジーン様が多少おかしくとも、誰かに言うことはございますまい。人との交流はお嫌いですので」

執事がにこやかに言うのだが、その人嫌いっぽい人のところに俺が放り込まれるの？

そんなこんなで、本日は終了。ここのベッドは天蓋《てんがい》がついてないけど、ベッドフレームから伸びた布をつけるための丈夫そうな枠はある。そこにハンモックを吊って、2段ベッド風にした。うっかり落ちても平気なように、下はディノッソ。カーンは暖炉側から動かざること山のごとし。仕方ないので、俺の封筒型の寝袋を開いて貸し出した。寝ないのかもしれないけど、酒もつけたので手酌《てじゃく》でやるだろう。

明日は神殿をはじめとした城塞都市の観光予定、冒険者ギルドに昼過ぎに顔を出してみて、そのあとの予定を立てる方向だ。

野豚とか野鶏を狩りに行くチャンスはあるかな？

◆◇◆◇◆

散歩に行くために、早起き。アッシュと執事も起き出していて、朝風呂に行くという。風呂屋はまだ準備中の時間だけれど、少し金を払って先に入れてもらうのだそうだ。

城塞都市の風呂は蒸し風呂、あまり衛生的とは思えないが、そこを考慮しての時間外利用だろう。風呂屋はパン屋のパンを焼く窯の熱を利用しているので、朝早くから始まる。

俺は街の風呂を利用したことがないからわからないけど、ちょうどいい時間なのだろう。

アッシュたちを送り出して、【転移】。『家』はカヌムより暖かいんだけど、山の上の方は、城塞都市と同じような寒さ。リシュは寒いくらいの方がいいらしく、元気いっぱい。

先頭に立つ豚くんが、キノコを探している。いや、もう食う気は失せているから、そんなに必死にならなくていいんだぞ？

俺はちょっと家畜の飼育には向いてないらしい。狩った動物を捌《さば》くのは平気なんだけど、長く見てると愛着が。鶏は卵を休まず産むし、山羊《やぎ》は子持ちでもないのになぜか乳を出すし。牛に至ってはツガイでさえもないのに、やっぱり乳を出す。

俺に食われないように、涙ぐましい進化を遂げた様子。――いや、なんかもう普通の動物じゃなくないか？　ちょっとだけ頭をよぎる疑惑がある、精霊のいたずらで牛が急に乳を出すようになる話はちらほら聞くので、たぶんその類だろう。うん。

大量の黒ラッパタケ、ポルを少し。そして地面を掘れと豚くんが引っ掻くので、掘ってみることにする。たぶんこのパターンはトリュフだ。

豚くんが掘れという場所の、ちょっと離れたところにエクス棒をブスッと差し入れて、土を崩す。森の独特な、湿った土の匂いが強く漂う。

「んー、そこそこ。ここの土はいいねぇ」

エクス棒は土ソムリエ。根っこは別に生えてないんだが、棒の先で土の良し悪しがわかり、たぶんちょっと吸い上げてる？

「おお、ウィンタートリュフ」

「おう！　なんかいいものか？」

エクス棒が見やすいように拾い上げる。

「泥団子だな！」

ニシシと笑うエクス棒。確かに見てくれはいびつな泥団子。

ウィンタートリュフは、サマートリュフより香り高く、そしてお値段もお高い。ずっとトリュフって1種類、もしくは白黒の違いくらいだと思ってたんだけど、どうやら違う。未だ見分けはつかないけどね！

穴を掘る遊びをしていたリシュが、足元に寄って見上げてくる。

「リシュも見るか？」

差し出すとくんくんと匂いを嗅いで、くしゅんと鼻を鳴らすリシュ。

豚くんをいたわって、森の散歩は終了。秋果《しゅうか》のイチジクも、もう終わりに近い、最後の収穫だろうなと思いながら摘み取り、『家』に戻る。

風呂だ、風呂。冒険は終了して街に戻っているので、いつもの生活解禁である。ようやく体が洗える！

シャワーを出しっ放しで、ゴシゴシ洗い、さっぱりしてから風呂を汲んで――湯が溜まるのを待ちきれず【収納】から湯を出して、浸かる。

やっぱりこの生活は手放せない。いい具合に茹《ゆ》だったので、風呂上がりにベッドにダイブ。さらさらとした清潔なシーツが心地いい。お家好きな俺だ。


今日は神殿の見学なので、いつまでもゴロゴロしているわけにもいかない。新しい服に着替えて、城塞都市の宿屋に戻る。

「おはよう」

アッシュたちも戻り、全員暖炉のある部屋に集まってお茶を飲んでいた。

「飯はどうする？」

「ジーンのパンで、屋台の買い食い希望！」

ディノッソが言う。

「俺のパンで買い食い？」

パンを齧りながら屋台に行く図を思い浮かべる俺。

言われるままにパンを出して切り分けると、執事が紙に包む。ピンと来てないのは俺とカーン。どういうことか教えてもらった。こちらではパンをパン屋で買って、屋台で好きな具材を載せてもらうのが流行《はや》ってるんだそうだ。

宿を出て、屋台が並ぶ場所に着くと、なるほどみんなパンを片手にうろついている。挟むのを想像してたけど、大きな薄切りのパンを皿代わりにしているようだ。

「パンを扱う店が、場所も、使う小麦の量も、厳しく定められておりました名残《なごり》です」

執事の説明を聞きつつも、目は野豚の丸焼きに釘付けだ。

屋台の親父が、表面の焼けたところから削ぎ落として、並ぶ客のパンの上に載せてゆく。ここ一帯に肉の焼けるいい匂いが漂っていてやばい。

野鶏の串焼きを、さっとパンの上で串を抜いて載せてるところもある。玉ねぎの輪切りを載せてもらったり、香辛料の店で何かかけてもらっている人もいる。

「お前、ぼったくられないようにしろよ？」

レッツェに注意されて、ちょっと冷静になる。

「って、カーンがもう買ってる」

野豚の肉を鉄板で焼いている店で、肉を受け取っているカーン。

貨幣価値が違うのはカーンも一緒、ぼったくられる……ってことはないな。あの筋骨隆々の強面《こわもて》に吹っかける勇気を持った奴はいないだろう。

「俺は卵とベーコンにすっかな」

ディノッソが並ぶ屋台を見回しながら言う。

執事がアッシュに何か耳打ちをする。

「ジーン。丸焼きならば、あちらの店が魔物を使っているそうだ。焼き上がるところだ」

「お？」

アッシュに袖を引かれて、屋台の前に連れていかれる。他も美味しそうだけれど、鳥ならともかく、丸焼きって自分でやる機会がないから、つい選んでしまう。

ざわざわとした喧噪《けんそう》の中で、アッシュと2人、肉を載せたパンにかぶりつく。トッピングは玉ねぎ、味付けはシンプル。

柔らかくって、ほんのり甘味のある肉汁が溢れる。とにかく匂いが空腹に効く。


屋台で朝飯を済ませ、神殿へ。見学、見学。

「そういえば、精霊の枝が安置されてた部屋で、少し前に異変があったらしいぞ」

階段を上がりながらレッツェが言う。

「異変、でございますか」

「精霊の枝——レプリカだけどよ——を載せてたクッションの布が、突然破れてちぎれたらしい」

執事の問いに答えるレッツェが、レプリカのところでちらっと俺を見る。はい、俺だけが、どこにある枝が本物でどこのが偽物かを知らないからな。

「ほとんど一緒にいたのに、よく知ってるな」

「馬車の御者ってのは、思ったより客の話を拾ってるし、客待ちの間は同業同士で噂し合ってんだよ」

そういえばレッツェ、迷宮の帰りの馬車では御者台に行ったんだった。

ここの神殿も、カヌムの『精霊の枝』と造りはそう変わらない。建物の中に広い中庭があって、水が流れ、木々や花々が植えられている。規模が大きいし、建物の部屋や回廊が豪華だけどね。

カヌムの『精霊の枝』は無料だったけど、ここではしっかり寄進《きしん》を求められた。最低額よりちょい上で済まそうかと思ったら、レッツェがそれなりの金を出してた。

あんまり信心深そうなタイプには見えないんだけど。俺は神殿で金を払うのはなんか微妙な気になるんだよな。神々になら金より嗜好《しこう》品を送った方が喜ばれるし。

「へえ。ちょっと不思議な感じだな」

光を通す薄い葉を持つ白っぽい枝の木々、銀色っぽく見えるハーブの類、白と黄色を中心とした花々、ところどころで顔を出す白い庭石のそばを流れる小川。足元には白と透明な細かい砂が道を作っている。

「赤とか、青とか、少し差し色に濃い色を持ってきたら締まるのに」

なんというか、作られた庭が全面に出てる上に、ちょっと物足りない。

物足りないのは、もしかしたら、俺がエクス棒を手に入れた白い森を見ているせいかもしれないけど。あそこは綺麗だった。

「この神殿は光の精霊を主に呼んでんだよ、あと水。祀《まつ》ってんのは、光と清浄の処女神ナミナ」

「よし、潰そう」

嫌な名前を聞いた。

「突然、物騒なこと言ってんじゃねぇよ」

ディノッソの説明に、即決したら諌められた。

おのれ、光の玉!!

「……シュルムも今は処女神ナミナだったな」

レッツェがぼそりと言う。

「ああ……。あの国、節操なしに神殿を建てて、その時々で一番に奉じる神が変わりやがるからなぁ。――あとで聞いてやるから、神殿の中で悪態つくのはやめとけ。本人からは遠いんだろうが、眷属の精霊がいるだろうし」

ぽんぽんと俺の頭を軽く叩くディノッツソ。続いてアッシュ。

いや、あの、アッシュ？　普通に触ってくれて構わないから、その便乗ぽんぽん餅つきやめないか？　反応に困る。お陰で嫌な気分も萎《しぼ》んだけど。

そうか、眷属か。座布団はどうなんだろう？　せっかくなんとなく仲良くなれたのに、あの玉の眷属の可能性があるのか。上司があれじゃ、苦労してるんじゃないだろうか。

「ここの神殿自体はシュルムとは関係ねぇんだがな……。精霊関係はピンと来ねぇ」

肩をすくめるレッツェ。

大丈夫、【縁切】してあるから。俺の情報が精霊を通して玉に流れることはない。なぜなら、精霊《かみ》が作り出して授けてくれただけあり、【縁切】や【解放】の能力は人間より精霊によく効く。

「ジーン、枝だ」

アッシュに手を引かれて、中庭を早々に抜け、レプリカが安置されている部屋へ。

精霊の枝の載る精緻《せいち》な彫刻を施された台座に、丸くくり抜かれた天井から、燦々《さんさん》と午前のどこか硬質な白い光が降り注いでいる。

金でできた枝、枝先には涙型の黄色っぽい宝石と透明な宝石がぶら下がっている。輝きは10K《キン》くらい？　薄い、ちょっとつるんとした印象の金色だ。

「クッションってこれか」

台座と枝の間には、薄いクリーム色の厚布《あつぬの》に、金糸で刺繍された薄いクッション。

はい、明らかに座布団の新しいやつですね……。アッシュたちはカヌムの家の2階、食堂の椅子に俺が敷いた座布団を想像してる気がするが、俺が座布団と呼んでいたのはこれです。この潰れたクッションみたいなやつです。

古いやつが爆発したのは俺のせいな気がそこはかとなく。そして話題を出したレッツェにバレている気もそこはかとなく。なんで見えないレッツェに一番バレてるんだろうな？ なんか能力持ちなんじゃあるまいか。

そういえば精霊の座布団も神殿に戻ってるんだよな。神殿に見える奴がいたら、再会はちょっと危険か。

「元神子の件で、唯一見えるお偉いさんが、朝っぱらから冒険者ギルドに行ってるとさ」

レッツェ、いつ聞き出した？ もしかして、さっきお布施《ふせ》した時か⁉ 情報収集マメすぎないか？

俺は情報収集どころか、遭遇の危険性に気づいたの今なんですけど！ というか、やっぱり俺の思考を読む能力持ってない？

「すごいですね……っ」

にっこり笑って感嘆のセリフを口にする俺。

微妙に引いた顔で、俺を見るディノッソとレッツェ。

「ええ。これだけの魔法陣はもう描けますまい」

俺の賞賛に、気をよくしたらしい神官さん。

魔法陣の部屋は、基本依頼者しか入れなくて、自分に憑いている精霊を見るとかならともかく、欠損まで治すという魔法陣は怪我がなくてですね……。

そういうわけで、そこそこ偉そうな神官さんを取っ捕まえて、お布施と個人的なちょっとした心づけをして、神殿内の見学をさせてもらっている。

緞帳《どんちょう》みたいな、分厚くて重たげなカーテンがついた通路の先の、やっぱり入り口にカーテンがついた小部屋。クリスの弟くんが、自分に憑いた精霊を見た部屋、病気の治療の部屋、精霊を落とす部屋——それぞれに魔法陣がある。

もっと簡単に処理できる、軽いものは魔法陣なしの部屋に案内されるか、普通に神像のある広間で祈って——魔法を使っておしまいのようだ。

今は大トリ、欠損を治す魔法陣を見せてもらっている。円形の魔法陣の周りに、ギリシアの遺跡みたいな円柱が建ててあり、円柱同士にやっぱりドレープをたっぷりとったカーテンが下がっている。

そして天井に円形窓、ガラスなし。この神殿、円形窓好きだな……。でも確かに、暗い中で上から特別なものに降り注ぐ光って、演出的にはいい。島の精霊の枝の部屋にも穴開けようかな。ダメか。想像の中で、ピンスポ浴びて埴輪《はにわ》がアフロ被って踊り始めた。

造形に見入るフリをしながら、書いてあることを覚える俺。ふんふんなるほどなるほど。よし、覚えられないからあとで図書館に行こう！

「こちらは大変美しいですね。でも雨に降られたりはしないのですか？」

このあたりの降雨量は少ないけれど、やっぱり気になる。天井に穴が開いてるのに、どうするんだろう？

「雨の気配を知らせる精霊がおりまして、そのような時は神官たちが屋根をかけるのですよ」

人力開閉装置がついてた！

「管理も大変なのですね。神官様たちの日々の努力に感服いたします」

「そう言っていただけると報われます」

ぼったくりお布施の元だもんなあ。

あと、円柱に明かりがついてるけど、あれはもしかしてカーンのところにあって、俺が島で塔の中にくっつけた精霊灯——の、壊れたやつに蝋燭《ろうそく》がぶっ刺してありますか？

カーンの方をチラッと見てみるが、気づいた様子はない。

いかん、最初のインパクトが薄れてきたら粗《あら》が目立ってきたぞ？　島の造形は手を抜かないようにしよう……。

見学を終えて神殿を出る。精霊たちがそこかしこから顔を覗かせていたが、気にしない。気にしたら負けだ。

「久しぶりに顔が疲れた」

「お前、愛想笑いで対応なんてできたのか……」

「面倒なんでしないけど、一応できるぞ」

ディノッソが疲れた顔をしている。

「それよりも、後方が……」

前を見たまま執事が言う。

「何かまずいのか？」

レッツェが眉をひそめる。

「うむ。神殿にいた精霊が、何匹かついてきてる」

「おい……」

アッシュの言葉に困惑した顔を見せるレッツェ。

見える組――レッツェを除いて、全員不自然な感じに真っ直ぐ前を向いて歩いている。

「俺は何もしてないぞ？」

俺じゃない誰かについてきてる可能性だってある。

「ジーンの人徳だろう」

アッシュ、それ今はフォローにならない。

「なんとかしとけ」

「無茶振り！」

『えー。後ろをついてきてる精霊のみなさん。目立つし、バレるとあとで怒られるやつなんで、バレないように個別行動でお願いします。できれば時差で』

ディノッツォの無茶振りになんとか応えようとしてみる俺。

いや、俺のあとをついてきてるんじゃなくって、精霊たちにこの時間にどこかに行く習慣があるとかね？

「……散れたな」

カーンの言葉で、その可能性がなくなったわけだが。大丈夫、まだ俺じゃなくって、『王の枝』たるカーンについてきた可能性が残ってる！

「街中ではあんまりやらかすなよ？」

「無実です」

ディノッツォに釘を刺されるが、何もしてない！

「俺はこれからギルドだ。ディーンとクリスも顔を出すはずだが、なるべく早く話をまとめてカヌムに帰れるようにする」

ディノッツォとレッツェ、カーンとはここで別れる。

カーンはお偉方との顔繋ぎ、レッツェは神殿の見える人を観察だって。

「帰れるのは嬉しいけど、無理に譲歩とかしなくていいぞ」

俺とアッシュたちの日程は、ディノッツォたちとギルドの話し合い次第で決まるだろう、ギルド指定の日に行く。

「俺も金には困ってねぇけど、安く見られるのは王狼の名に関わるって、ディーンが泣くんじゃねぇか？」

金には困っていない、さすが堅実な男レッツェ。ディーンは俺に金を返すと、すっからかんになりそうだけど。

「俺が奥さん不足なの！」

ディノッツォが強く言う。家族持ち……っ！

あと、宿屋に着いたら座布団がいました。俺のせいじゃないと思います。

ベンチに広がっていた座布団が、半身を起こして角を振ってくる。

「なんでここが……」

「先ほどついてきた精霊――いや、大きいようだな」

アッシュが眉間に皺を寄せながら言う。また怖い顔になってるのだが、もしかして精霊をよく見ようと、目を眇《すが》めてるのか？

「もしや……」

「座布団ですね」

執事が言い当てる前に、正体を言う俺。

「なんでいるんだろう？」

「すでに契約済みなのでは？」

アッシュが言う。

「いや、そんなはずは」

ない、と言いかけたところで、座布団が俺の後ろに飛んできて膝カックンされて、座布団の上に座らされる。

呆気《あっけ》に取られるアッシュと執事。俺もびっくりしてます。

「ジーン、こんにちは～」

「最近は『家』にいないようじゃのう」

それを合図にしたかのように、現れる2人。

「ミシュト、ハラルファ」

なんでいるんですか？

「『家』には早朝だけ戻ってた」

アッシュと執事が固まってる気配がするけど、俺のせいじゃないです。見える、見えるんだな？

「昨日から、光の精霊が惑うておっての。頼られてみれば、ナミナの眷属ばかり。何があったかと思えば、お主がナミナの神殿を訪れたのだな？」

面白そうに笑って言うハラルファ。

「【縁切】のお陰で、ジーンを上手く認識できなかったのね。あの子たち、自分たちが飛び出してきた理由も曖昧《あいまい》になってたの」

昨日はまだ神殿に行ってない、行ってないよ！　思わず座布団に目をやる。角がぴくぴくしてますね、お前が犯人か！

「今は我らが預かっておる。『家』に戻ったら、連れてゆくので【解放】を」

「そのまま眷属を奪うより、ジーンに【解放】してもらってからの方がいいもの」

そう言って微笑むミシュト。

あれ、もしかしてまだいるの神殿脱走組。

【解放】するのはいいんですが、あんまりひとところから奪うと問題が出ませんか?」

「人の世には出るかもしれぬが、我らには関わりなきこと」

ハラルファが答えながら、俺の尻の下にいる座布団を興味深げに眺めている。

座布団がちょっと角を上げて興味を示したので、降りて送り出す。どうやら座布団はハラルファの眷属になるようだ。

「大丈夫、場所が気に入っているなら戻るもの。でも、ナミナの信徒は、頼み事をする時に、精霊が満足する対価を用意することになるかしら?」

口の前に人差し指を立てて、首を傾げるミシュト。

「なら問題ないな」

「大多数がジーンの元にいることを選ぶと思うがの」

座布団の上に上半身を乗せて、空中に寝そべるハラルファ。

「大丈夫よ、だって結界内にさえ入りきらないもの。契約さえしてしまえば、ジーンと繋がってそばに感じられるし、それで満足するわ」

「過密すぎて小さいのは統合されて、大きくなったものもおるしのう」

意味深《いみしん》に執事に視線を送るハラルファ。

「ふふ、この人の写しなのね」

執事を見て、ミシュトが柔らかく笑う。

メモ帳《ノート》のことか……っ！　肖像権の侵害になりそうだから、内緒にしてるんですよ！

「いつか我らと同じほど力をつけるであろうな」

「カダルに叱られる前に帰るわ。頑張ってね、ジーン」

「まだこの周辺で惑うておった者にも、声はかけておいた」

そう言い残して消える2人。叱られる案件なの？　あれ？　光の精霊、置いてかれてる？

座布団が俺の尻に戻ってきた。

「ジーン……様……？」

「ジーン、あの二方《ふたかた》は？」

アッシュの声が硬いが、執事は体も硬そう。軋《きし》む音が聞こえそうなくらい、不自然な感じで俺の方に顔を向けた。

「俺が守護を受けている、ハラルファとミシュトだ。司《つかさど》るのは光と愛と美、光と風、恋と気まぐれだな」

「そうでございますか」

なるべく淡々と答えたら、執事が笑顔で返してきた。答えて、笑顔のまま動かないので、たぶん思考は放棄されている。

「ノート、お茶を淹れてくれるか？」

「はい、ただいま」

アッシュが声をかけると、執事がロボットのようなぎこちない動きで、暖炉に火を入れ始める。

「ジーン、ベンチに座らないか？」

「ああ」

俺も少し落ち着く必要があるようだ。

アッシュはいつも落ち着いてるな、ちょっと羨《うらや》ましい。ベンチに並んで座って、お茶を待つ。思考が停止しているっぽいのに、執事の動作には無駄がない。さすが執事。

「精霊は美しい」

膝の上に肘をついて、顎のあたりで手を組んでいるアッシュ。珍しくこちらを見ない。

「ん？　うん」

ミシュトはふわふわと可愛らしいし、ハラルファは出るところが出て引っ込むところが引っ込んだ美人だ。そして光の精霊なせいか、どちらも清浄な感じがする。

「ジーンも美しい」

「ありがとう？」

ここでアッシュも綺麗だとか言えればいいんだろうけど、なにせ怖いお顔。せめて気を抜いている時の顔でお願いします。言葉にするには、ただでさえハードルが高いので。

クリスを頑張ってお手本にするべき？

「美しいが、ジーンがあちらの世界に行ってしまいそうで、とても不安になる」

アッシュから出た言葉は、ちょっと予想外だった。一応人間なんですが……、いや、この体は怪しいのか？

「俺は人間だよ。それに、こっちの世界には美味しいものがたくさんある。みんなもいるし、アッシュもいるし」

とりあえず勇者が人間扱いなんだから、俺も人間だろう。宣言した者勝ちだ。

神殿で別れた光の精霊たちが、壁を透過して次々に寄ってくる。

うん、いいタイミングでなかなか雰囲気のある効果だけど、執事が茶葉をカップの方に入れてるからね？

ディノッツソたちが戻る前に、なんとかしておかないと……っ！

「お前……。増えてんじゃねぇかよ！」

ディノッツソが帰ってきて開口一番。

なんとかできませんでした。部屋には座布団をはじめ、神殿から来た光の精霊が詰まっている。

「ガイドさんに案内されて、団体さんが来ました」

俺が呼んだわけじゃないです。全ては光の玉の眷属だったせいで、俺の『家』に辿り着けなかったという不幸な事故です。

ミシュトとハラルファが連れてきた、昨日の脱走分の精霊と、個別行動をお願いした光の精霊が、部屋で入り混じってなかなかな光景。光の精霊っていっても色々いるんだなーって。

なお、『家』にはもっといる模様。ここにいるのは、この城塞都市内で迷ってた分のようだ。小さいのがたくさん。どうせなら『家』まで全部連れてって欲しかった。

純粋な光の精霊だけでなく、混じってるのも多い。ちょっと闇混じりの月光の精霊は綺麗だ。ディーンとクリスが怪訝《けげん》な顔で、部屋を見回している。カーンは俺が原因みたいな顔で見るのをやめてください。

「言ってる意味がわかんねぇ――ノート？」

「範囲外です」

「いい笑顔で即答してんじゃねぇよ、何があったんだよ」

頭を抱えるディノッツォ。

「増えてるって、もしかして神殿でついてきたっていう、光の精霊か？　なんか部屋が明るく感じられるのはそのせいか？」

見えないなりに、光の精霊に満たされた部屋の変化を感じているらしいディーン。

「清浄な空間にいるようだよ！　娼館よりも清々《すがすが》しい」

いや、クリス？　娼館って清々しいの？　そういえば客が変わるたび、ファブリック一切合切取り替える、こっちの世界では破格の清潔空間なんだっけ？　……清々しいの？

「先ほど、ミシュトとハラルファという、美しい2神の訪れがあった」

さらりとアッシュが言う。

棒でも飲み込んだような顔で、なぜかカーンを見るディノッソ。それに気づいたカーンがディノッソを見て片眉を上げる。だが無言ですぐに顔を逸らす。

「ハラルファってあれか、美の女神！」

釣れるディーン。

「どちらも女性たちがこぞって信奉する女神だね。――実物ならばむしろ男性に信奉されそうだけれど」

隣でクリスが言う。

「え、ちょっと待って。神クラスが2人も来たの？」

2人の会話に、思考が再開したらしいディノッツソ。

「うむ」

アッシュが頷く。

確認のためか、執事を見るディノッツソ。

「範囲外でございます」

ゆっくり顔を振る執事に、座り込むディノッツソ。

「まあ、そういうこともある」

「ねーよ！！！」

ばっと顔を上げて短く叫ぶディノッツソ。

「ところでレッツェは？」

「流さないで⁉」

しばらくディノッツソが落ち着かず、執事はいい笑顔のままだった。

「レッツェはあちこち顔出し。夕飯までには戻るって」

ディーンが教えてくれる。

「マメだなぁ」

「俺とクリスも顔は売れてる方だけどよ、『しかるべきところ』に顔が利くのはレッツェだな」

「彼は銀に上がったら、仕事はセーブするって前々から言ってたんだけどね」

眉を八の字にして、困ったように笑うクリス。

「あんま心配かけんじゃねぇぞ」

ディーンが俺の首に片手を回し、もう片手で頭をがしがしとしてくる。

そういえば借家に入る前、銀ランクに上がったから奥さんもらってって話してたような？

「レッツェは面倒見がいい」

アッシュが言う。

どうやら心配されている様子。

「心配かけないように頑張る」

「素直!? 俺の心労も斟酌《しんしゃく》して!?」

涙目のディノッソがうるさい。そういうところがちょっとおかしくて、ちょっと嬉しい。

「レッツェと、ここにいるみんなに感謝してるよ。少し前まで、人のそばに長くいたいと思ってなかったし」

人とわいわいやるのは楽しかった。でも、どこかで長く続かないと思ってたので、カヌムに帰るようになった自分に少々びっくりしている。

「……お前」

ディノッソが呟いて黙る。ちょっと微妙に照れくさい空間が発生――、しなかった。

「とりあえず光の精霊をしまえ」

「ひどい。たまにはダイレクトに感謝を伝えようとしたのに」

「伝わってる、伝わってる。いいからしまえ」

ディノッソにほれほれと急き立てられて、光の精霊に名付けて散らせる俺。

「おい、その尻の下のでかいのはどうするつもりだ？　というか精霊潰すなよ。それとも捕まえてんのか？」

「座布団は座布団として、カヌムに連れてこうかと思ってる」

座り心地がいいというか無重力というか、快適。

「ん？　座布団……？」

「神子に憑いていた精霊でございます」

座布団に引っかかりを覚えたらしいディノッソに執事が答える。

「ジーン、君は欠損も治せるほどの大精霊を尻に敷いているのかい!?」

クリスが大げさに驚く。

「座布団だからな」

「扱いがおかしいよ！」

いやだって座布団だし。ただの光に見えてるの不便だな。

「お前、さっき心配かけないって言ったろうが」

「大丈夫、他の精霊にも人前には出ないよう改めて言い聞かせるから。あ、神々は無理なので」

実際、精霊はカヌムの家には来られないようにしてるし。

「神々が突然現れるのが一番困るのですが……」

執事が微妙な顔で微笑んでるけど、無理です。


夕食までそれぞれ荷物の整理や、精霊への言い聞かせ。

まあ、後半は俺だけだけど。神殿から大量の精霊が脱走したことに、俺たちが関わっていないようにするための偽装を、いくつかお願いする。

「帰った」

そうこうしているうちにレッツェが帰ってきた、手には何か大荷物。あんまり荷物を増やすタイプじゃないんだけど、何か頼まれものとかだろうか。

「ありがとうございます」

「すまねぇな」

そう言って手を出す執事とディノッソ。2人の頼みだったの？

暖炉の前で開かれてゆく包み。大きな骨つきの肉の塊、チーズにソーセージ、ハム、パン、城塞都市名物の樹木のシロップを使ったお菓子など。

レッツェの持ち込んだ包みを開く間に、ディーンとクリスが荷物からワインを出してくる。

「夕食か？　外に食いに行くのかと思ってた。——一緒に買い物したのに」

重かっただろうに、なんでレッツェ１人で？

「まあ、座ってろ」

ディノッソが言うが、落ち着かない。

「先ほどの状況を考えますと、店は憚《はばか》られますゆえ……」

執事が部屋の中を見回して言う。ツアー客は帰ったあとだし、この部屋に精霊が集まるとバレる率が高くなるので、先に名付けたやつと座布団くんに、周囲の巡回と『家』への引率をお願いした。

だから大丈夫だとは思うけどね。でも、お願いした精霊たちより先に、街中で会ってしまったら事故る気がするので大人しくしときます。

肉をディノッソが切り分け、暖炉で焼き始める。

こっちでは料理人がいる家とかならともかく、肉は家長が焼くのが慣わしになっているので、ディノッソ家でもシヴァはすごく料理上手だけど、肉らしい肉はディノッソ担当。とても慣れた手つき。

「あ、やるやる」

「座ってろって」

チーズを切り始めたクリスを手伝おうとしたら、ディーンに押し止められる。

なんか変な感じ。

「さて、できたかな」

「よろしゅうございます」

執事がグラスを配りながら言う。グラス……、やっぱり執事って【収納】持ちだよなあ。というか暗器《あんき》というか、小さいもの限定っぽいけど。

「ジーン、遅くなったが、生誕おめでとう」

アッシュがグラスを掲げて言う。

「え？　ありがとう？」

戸惑いながら答える俺。

「おめでとう。成人には思えねぇがな」

くしゃっと頭を撫でながら言うレッツェ。

「おめっとさん！」

「おめでとう、良き歳を重ねるのだよ！」

「おめでとう」

「おめでとうございます」

「歳月に幸を」

それぞれがそれぞれの言葉で祝い、ワインの入ったグラスを俺に掲げる。

「ほれ、飲め、成人。お前んとこじゃ、酒は成人からなんだろ？」

ディノッソにそう言われて、グラスを空ける。酒としての味はまだわからないけど、この時期に酸っぱくないワインってことは相当いい酒だ。

「ありがとう」

飲み干して、改めてお礼を言う。

ディノッソの肉の焼き加減が素晴らしく、レッツェが選んできたチーズも美味しい。肉をもぐもぐしながらディーンがソーセージを焼き出し、クリスが便乗する。

カーンはワインを飲み——あ、自分の荷物からワインを出し始めた。

追加されたワインを執事が開ける。シヴァの目が届かないのをいいことに、ディノッソもいつもよりだいぶ飲んでいる。

「来年はきちんと朔日《さくじつ》に祝いたいものだ。いや、ジーンの基準で言えば、生まれた日に祝う方がいいのか？」

「いや、こっちのやり方でいいよ。祝ってもらえるだけで嬉しい」

アッシュが言う。すごく嬉しい。

「じゃあ、新年にまた一緒に歳取ろうぜ！」

「いっそ全部やればいいのではないかね？　祝いは何度あってもいいのだよ！」

ディーンとクリス。

「お前ら飲みたいだけだろ」

レッツェのツッコミ。

「ジーンが年に3度も歳を取るんじゃ、あっという間に年上になるな」

ディノッソ。

「祝い事で飲む酒は格別に美味しいのだよ！」

いつもよりハイペースで飲んでいるらしく、クリスのテンションが高い。いや、いつもテンション高いけど。

誕生日というと、家族で祝うという名分《めいぶん》の元にさっさと拘束されて、外出できず、姉からのお下がりを押しつけられ、姉が新しいものを買ってもらうという謎のイベントになってたからな。なんで姉のものをもらうの、嬉しいだろ、みたいなことになってたんだろ。

別に物が欲しかったわけではなくて、誕生日に友達と高くないケーキを喫茶店で食べるとか、ファミレスで奢られるとかしてみたかった。

なんだろうな、俺のためのお祝いか。酒を飲む口実であっても嬉しい。

「む……」

アッシュが俺を見て、なんでか頭をぽんぽんしてきた。

「どうした？」

なんだ？

「でれた顔してたからだろ」

ニヤッと笑ってディーンが言う。

でれてない、でれてないぞ⁉

あと野菜も食えよ、貴様ら！

精霊たちとの付き合いとか、色々おかしいところがある気がしないでもないけど、概ね平和で快適だし、何より楽しくて幸せだ。

光の玉は相変わらず嫌いなんであれだけど、こっちの世界に呼ばれた奇跡に感謝する。

外伝1　副ギルド長イスカルの場合

勇者という、取り扱いの面倒な者が来ました。

ここ城塞都市アノマの冒険者ギルドは、ギルド長の意向で早々に勇者を追い出すために、喧《けん》嘩《か》を売るスタンスだったのですが、領主の方から待ったがかかりました。

手出しせず、穏便に済ませろとのこと。

シュルムからの勇者の到来に関して、この一言だけで説明はなし。本当にどういった意向なのでしょうか？　国から私と同じ副ギルド長の身分で派遣されているトーンも、何も聞かされていないようです。

勇者召喚を行ったのは、ここアノマに祀られる光の神ナミナと伝わっています。なぜ遠く離れた西のシュルムに？　と謎ではあるのですが、光の神ナミナは慈《じ》悲《ひ》深く多くを癒し、神殿やその眷属も大陸中に存在します。中原を越えて、シュルムに信仰が及んだとしてもおかしくはありません。

何せあの国は無節操に神と呼ばれる精霊を取り込みます。普通は精霊同士の相性や、力の打ち消し合いを考慮して、一柱か二柱に絞るものなのですが。

今回の静観するようにとのお達しも、もしかすると光の神ナミナを通して、国と勇者との間に何か交渉ごとが行われているのかもしれません。

ギルド長のアビは拗《す》ねて、私に勇者のことを丸投げの態勢にシフトしました。

いや、喧嘩っ早くて大雑把なあなたに穏便にというのは無理でしょうけれど、丸投げですか……。デカい男が拗ねても可愛くはないですよ、勘弁《かんべん》してください。

とりあえず勇者の行動を把握するために、娼館の主《あるじ》に根回しし、ささいな情報でも知らせるよう依頼。城塞都市の娼館の花たちは男も女も棘や毒を持つ者が何人かいます。顔を繋いでおくと、こういう時に便利です。

他にもそういうことが得意なギルド員に命じて、精霊を送らせました。結果、精霊との繋がりが途絶えたとのこと。

勇者には精霊が見えるという話が伝わっていますが、どうやら事実だったようです。ただ、見たあとに一体どうしたのかはわかりません。契約の上書きを行ったのか、消されてしまったのか……。

契約の上書きはかなりの実力差がなくては難しいので、後者の可能性が濃厚です。

歴代の勇者に関する文献を読む限り、剣か魔法に優れ、守護精霊を介して、強力な力を振うに至るようです。まだ今代《こんだい》の勇者について情報は多くありませんが、守護精霊が神に至ったという話は漏れてきていませんので、おそらく叩くならば今のうち。

ですが、今回は穏便にとのことです。

精霊が見えるという前提で、ギルド員にも精霊を張りつけるようなことはせず、通りすがるような形で様子見を命じただけなのですが……。何が原因でバレたのかはわかりませんが、気づかれたようです。

問題はどこまで、ということです。冒険者ギルドが精霊を送った、というところまで気づかれたでしょうか？

いっそこちらから会いに行ってみましょうか。


「迷宮まで案内が欲しいのですが、お願いできますか？」

翌日、こちらから会いにゆくまでもなく勇者の方からやってきました。黒髪、目の下に2つ並ぶ黒子《ほくろ》、荒事《あらごと》とは無縁そうな体型。

「はい、どの層までをご希望ですか？　3層まででしたら、あまり危険もなく迷宮行きの馬車に乗っていただければ、入り口で職員が説明いたします」

すぐに受付に呼ばれ、副ギルド長とは名乗らず、私が対応します。

「最初なので20層まで。確か、ショートカットがあると伺いました。そこまでの荷物持ち兼案内をお願いしたいです」

物腰は丁寧で柔らかい。でも得体が知れず、触れてはいけないモノのような——そう、黒精霊のような気配がします。いえ、黒精霊のように攻撃的な気配ではないのですが、普通の精霊の気配とも思えない。何か得体の知れないモノが勇者の体に詰まっているような——。

「護衛ではなく案内の冒険者ですね？」

「はい。こう見えて僕は強いのですよ」

なんでしょう、得体の知れない者が作り笑いを浮かべています。どちらかにして欲しいところですが——。

「それは頼もしい。ぜひ、迷宮の到達階層の記録を塗り替えていただきたい」

お互い必要なことを話しているはずですが、会話はうわべだけ。

勇者の視線が、肩口から顔を出した私のネフェルに止まったようです。勇者が一瞬見せた、なんとも気持ちの悪い笑顔。

ビクッとしてネフェルが私の髪に隠れます。

——ああ、勇者の『人形』の方ですか。1人混じっているとの報告が上がってきていました。勇者を召喚し、勇者が現在母国としている国、シュルムトゥスに精霊を探りに出すと、ほとんどが帰ってこず、おそらく無差別に食らっているのだろうと。

勇者の『人形』――守護精霊が勇者の願いを叶えて作った、人でもなく精霊でもないモノ。人と精霊の混ざったようなモノということで、チェンジリングと呼ばれてはいますが、一般的なチェンジリングとはまた違ったモノのようです。目の前にするまで、『人形』も似たようなモノと思っていたのですが、認識不足でした。

ですが、そう思い当たれば、突然城塞都市に現れた方法も納得がいきます。おそらく『精霊の道』や『妖精の道』と呼ばれる、人ならざる者の道を通ったのでしょう。

道の存在については、すでに冒険者の間で囁かれています。出入り口のある場所も把握していますが、あまりにも街の中心部に近いため、魔の森の中だと噂の誘導を行っています。

案内人の選定と物資の用意に明日1日もらい、明後日には出発できるよう整える契約をし、勇者は出ていきました。

あとから職員に聞き取りをしましたが、気持ちが悪いか、怖いと答えるのは、よく人を見る者たちと、精霊憑きの者たちでした。

「領主からは何もありませんでしたが、確かにこちらから手を出しては危険な気がします。あれは、人間のルールに『従ってみせている』だけです。何をするかわからない」

丸投げされているとはいえ、ギルド長には報告を。

「やっぱ、斬っちまった方がいいんじゃねぇか？」

報告しても、返ってくるのは脳筋な答えなのですが。

「本国では、見境なしに精霊を食ってたようですよ。報告や状況からして、人や場所に憑いている精霊は避けているものの、フリーの精霊はここでも食らっているようです。おそらく魔法も使いますし、準備せずに無力化とはいきそうにないです」

「面倒クセェな」

あからさまに不満そうなアビ。ただ、敵対した場合、勇者の『人形』が無関係な街の人たちに斟酌《しんしゃく》しないだろうことには思い至ったようで、一言不満を漏らしただけです。

「領主からの命もありますし、今回は自由にさせて情報を集められるだけ集める方向でしょうか」

私もアビも精霊持ち、精霊を食われてしまえば、戦闘力は格段に下がります。その対策をまず取らねばどうしようもありません。

あの様子では通常の契約程度の繋がりは紙のように破って、私がネフェルを守る間もなく奪い、食らうでしょう。せめて、来たのが勇者であったのならば。

「任せる」

短く答えたアビと一緒に、私もため息を1つ。

娼館から上がってきた情報では、勇者の目的はまず迷宮、次にアメデオたちから精霊武器を譲り受けること。もう1つはこの城塞都市の下見のようです。

アメデオたちは煩《わずら》わしくなったのか、さっさと北へ移動しました。確か、あのパーティーはローザがシュルムと遺恨《いこん》があったはずで、精霊武器の希少さを置いても、勇者の願いを聞くとは思えません。

アメデオたちが移動したので、迷宮に入ることにしたのでしょう。娼館からの報告でも、精霊武器に固執《こしつ》する様子はなかったそうです。『人形』は気に入ったものには執着が激しいと聞きますので、おそらく欲しがっているのは勇者で、『人形』の方ではないのでしょう。

迷宮に送り出すと、すぐに戻ってきました。

曰く「ベッドと風呂がない」と。

——なんでしょうか？　迷宮の攻略にも精霊武器にも無関心なように感じます。それにしては、20層までの予定を変え、40層まで踏破と、派手な実績でしたが。

つけた案内の者から、『人形』の行動について詳細な報告を聞き、この機会に40層までの整備を行うことにします。

どうやら魔物は殲滅《せんめつ》、精霊たちも食らい放題だったようです。魔物がまた現れるまで、魔物素材が入手できなくなるのは痛いですが、冒険者以外の者を迷宮に入れて整備する、よいチャンスでしょう。

精霊もいない状態のようですので、最低でも光、火の精霊を送り込まねばなりません。松明や今流行《はや》っているランタンを手配し、精霊の使い手に迷宮内で力を使ってもらい、精霊が生まれる下地を作らなくては。

あれこれ指示を出し手配をしている間に、今度は神殿からの使いが駆け込んできました。

「レナード様が迷宮に入りました」

「は？」

駆け込んできた神官の知らせに思考が止まります。

「レナード殿がですか？」

「はい」

神官は沈痛な面持ちで頷き肯定します。

「……」

馬鹿なんですか？　と口をついて出そうになりました。

「確かレナード殿は、魔力を上げるために術を施されたとお聞きしましたが？」

「……」

いつまで経っても神子から聖人への認定が下りないため、最近は冒険者になるようなことを口にし始め、神殿とこちらとで宥めていたところです。

宥めていたというか、レナード殿は冒険者にはなれない理由があり、本人も理解しているはずなので、適当にいなしていただけなのですが。

神子と聖人の違いは実権があるかどうか、レナード殿の考え方でいうならば、金が直接入るかどうか。神官長は少々甘いですが清廉《せいれん》な方、そんな考えなので認定がいつまでも下りないのです。

「魔力を大幅に増強した代わりに、魔物と黒精霊が寄ってくる体質に変わられておりますよね？」

「……」

魔力を上げる術は成功する確率が低く、成功した場合も黒精霊に憑かれたり、魔物に襲われるリスクがあるため、精霊たちが多い神殿から離れずに生活することになります。

神殿は術の存在自体を内緒にしておりますが、ギルドや領主も把握しており、見ないふりをすることが暗黙の了解となっています。使いに来た神官も答えられないのでしょう、黙ったままで口を開こうとしません。

「欠損をも癒す精霊に選ばれ、そこまで己《おのれ》を過信されましたか……」

人間的には放置したい類の方ですが、憑いている精霊は強力で、ギルドとしてもあれこれお世話になっています。

それに勇者が迷宮の攻略をしたことは、本人や周囲、そして私が手配したあれこれから話が漏れ出し、実力が見合わない者たちが20層以降の申請を出しているとの報告を受けています。

一気に40層などという馬鹿はやめたようですが、冒険者は元々自己責任、何組かはすでに迷宮に入っています。レナード殿もその何組かの1つのようで、おそらく一緒に入る冒険者の方が手続きや準備をしたのでしょう、ソロでの申請はなかったはずです。まあ、あのレナード殿が1人でどこかに行くとは思えませんが。

精霊憑きならば、黒精霊に憑かれる確率は低く、精霊を持たない者ならば火を含む光源の確保の問題で、今の迷宮を進むことは困難。

黒精霊や魔物の被害の少なさも予想されたので、自己責任ということで放置の方向だったのですが……。

レナード殿が迷宮に入ったことにより、一気に危険度が跳ね上がりました。

自分の精霊以外が見えるような人材は、今のギルドには私とアビだけ。その他神殿との関係や何やらを鑑《かんが》みるに、どうやら私が行く他ないようです。迷宮内の崖の整備で忙しいのですが……。

勇者の残した痕跡から、どういった能力を持つのかわかることもあるかも知れません。ここは切り替えていきましょう。

他の人選に迷っていると、願ってもない人物がギルドを訪れました。ここアノマの所属ではないので私に命令権はありませんが、金ランクへの昇格試験に同行とのこと。渡りに船とはまさにこのこと。

——伝説の冒険者、王狼バルモア。

ギルドではなく、神殿側の機密に関わることですので正直に話すこともできず、信頼を得るのは難しそうですが、これ以上の人材はないでしょう。それに彼のことを身近で見ることができるのは役得です。

「よろしくお願いいたします」

頭を下げて、王狼たちを下に送り出します。

王狼たちの気配が遠ざかり、長いため息を1つ。

神殿の秘法の件を話してしまいたい誘惑に駆られました。王狼だけでしたら、話していたでしょう。ただ王狼のそばには人が多く、特にカーンという人物をどう判断していいかわかりません。

「ネフェル、光を」

ライトを使い、あたりを照らします。懐に魔法陣を描いた符を忍ばせてはいるけれど、実はライトくらいであれば魔法陣を使わずとも容易《たやす》いのです。

光に照らされたのは、魔法陣を描くために事前に選定した平らな場所。私の魔法陣を描く速度は城塞都市でも随一、特にこの黒精霊を動けなくするものは空でも描けます。

食事もそこそこにさっさと描いて、魔法陣の中に身を横たえます。

「ネフェル、目を」

こちらは少し複雑な魔法で、懐から取り出した魔法陣を使用して、魔力をネフェルに。

これは、自分の体から１００メートルほどの範囲を視界に収める魔法。正しくは術を行う私に触れている、ネフェルの力の及ぶ範囲が１００メートルほどなのです。

見るのは勇者の痕跡。他の精霊がいる場所では視界が邪魔され、上手く見ることができないため、王狼たちは残念ながら見られません。連れている精霊が強すぎます。

これをすると、私自身が無防備になるため、あまり外では使いたくないのですが、有効距離が短いので仕方がありません。

明るく白抜きのように、視界から消えているのが王狼たちでしょう。目を離して、別の場所を。

——勇者の『人形』の破壊の跡を見て回り、情報を拾います。

使用する武器は男にしては華奢《きゃしゃ》な剣だと聞いていましたし、ギルドを訪れた時に鞘に包まれたそれを見ています。

20層付近の壁や床に残る跡を見るに、報告通り、あまり剣は得意ではないようです。

それよりも、迷宮を進むことに飽きて殲滅を開始したという20層以降の層です。

残された痕跡からわかったことは、『人形』が精霊を使うこと。

精霊を使って、魔法と同じ現象を起こしていることです。いえ、魔法が精霊の起こす現象を真似ているのですが。

精霊を容赦なく使い潰すこと。使う精霊の属性に制限がないこと。おそらく、精霊を使いながら自身で食うような。

黒精霊と化した精霊もそのまま食うのでしょう。黒精霊は、身を欠いた状態であるせいか、他の精霊を食らって欠損を埋めようとします。もしかしたら黒精霊を食ったことにより、『人形』は食欲が抑えられないのかもしれません。

同行した者たちの話では、力を振るう間、退屈そうな雰囲気はそのままに薄く笑っていたそうです。

破壊の規模はそれほどとは思いませんでしたが、少し本気で勇者対策を整えた方がいい、それが私の結論です。時間稼ぎのためにも、研究は諦めて『妖精の道』は閉じた方がよいでしょう。領主側と神殿が賛成するかはわかりませんが。

◆◇◆◇◆

『地を潜る蛇』との戦闘中、ネフェルの暴走によって魔力切れを起こして倒れた私は、大鍋から漂う迷宮に似合わない優しい香りと、大笑いする人たちの声で意識が戻りました。

近くにいたメイケルが気づき、水を飲ませてくれて気分が少しマシになりました。

「『地を潜る蛇』は、王狼バルモア殿とカーン殿が見事に討伐されました」

私が倒れていた間のことを、こちらの様子を見ながら話すメイケル。

メイケルは冒険者の中では古株で、討伐などの荒事には向かないものの、思慮深く、探索や調査には重宝する者です。私も何度か直接の依頼を出しており、顔見知りです。

私が状況を把握したいタイプなのを知っているので、意識がない間のことを説明してくれるつもりなのでしょう。気を使って、あとでなどと言い出さず、助かります。

王狼バルモアと並んでも遜色《そんしょく》ない、カーンという人物も、最初の印象通り只人《ただびと》ではなかったようです。金ランクの昇格試験を受けに来たディーンとクリス、そしてアッシュも、実力は抜きん出ていたと聞きました。

「戦闘は暗闇で？」

途中までは私がライトで照らしていましたが、ネフェルの暴走で維持できなくなりました。『地を潜る蛇』に王狼バルモアとカーン殿が対峙《たいじ》したのは覚えているのですが、その時にはすでに意識が朦朧《もうろう》としていました。

「いいえ。自分に精霊は見えませんが、精霊の暴走にしては瞬《また》きや点滅もなく、強烈な明るさというわけでも。おそらく魔法使い殿が」

私が倒れたために、ライトの魔法が消えて暗闇で戦う羽目《はめ》になったのではないかと心配しましたが、一緒に行動していた魔法使いが代わりに光を維持したようです。

ここや坑道など、暗闇での活動は多いので、ライトの魔法が使えるのならば強さは問わず、ぜひアノマのギルドに来ていただきたいのですが……。

わかりやすい強さの方に目が行きがちですが、おそらく補助に回っていた2人も優秀なのでしょう。メイケルからの説明がないのは、メイケルと同じであまり表に出たがらないタイプなのかもしれません。

冒険者と職人たちは、恐怖から一転、『地を潜る蛇』という大物の解体に大喜びだったようです。

もちろん獲物の権利は倒した者たち、王狼たちにあるのですが、初めて目にする大物に興奮したのでしょう。それに、助けてくれた王狼たちの役に立ちたいというのも。

あの大きさの魔物を解体するのはかなり骨が折れますし、戦闘とは違う労働です。『地を潜る蛇』の大半を、ここにいる全員で分けてよいと王狼たちが言い出したあとは、本当にお祭り騒ぎのようだったそうです。すでに解体は終わり、あとは自分に振り分けられた部位を持ち帰るだけになっていました。

王狼の人気が今もまだ高い理由は、強いというだけでなく、こういうところにもあるのでしょう。『人形』の件がなければ、私も迷宮探索についてゆきたかったくらいです。

……できる範囲でいい印象を残そうと、でしゃばらず、物資面では万全の態勢を整えたつもりだったのですが、肝心なところで精霊を暴走させた私は役に立てませんでした。ネフェルは耐毒に回復にと大活躍だったようで、感謝はされましたが。

怪我人が多数。幸い大きな怪我は精霊の暴走で治っていますが、治療を引き受けるつもりでいた私がこのざまです。それに、暴走した精霊から他に何かされていないか神殿で確認しなくては。嫌な感じはしないので大丈夫とは思いますが、何があるのかわからないのが精霊です。

20層に着いたばかりだというのに、作業員の大半を地上に戻すことになりそうです。

ガンガンする頭を押さえて起き上がると、メイケルが大鍋から掬《すく》ったスープを差し出してきました。荒くれ者の冒険者が作ったとは思えないほど、滋味《じみ》に溢れた優しい味。くらくらと回る意識の中で食べた職人料理は、かつてないほど美味しく感じました。

◆◇◆◇◆

精霊の暴走の原因がわからないまま地上に戻ってすぐ、今度は神殿で事件が。

神殿から大量の精霊が消えました。その前にレナード殿に憑いていた精霊を神殿に留めおく術式が突然壊れたそうで、その影響だろうと言われています。

また、大量の精霊がいなくなったため、『妖精の道』の出入り口が閉じたそうです。神殿は上を下への大騒ぎのようですが、道を閉じる提案で揉めることが確実だったので、その点ではよかったと言えましょうか。

レナード殿のあまりに短慮な様子に、精霊が契約を破棄したためだろうとの噂が流れ、迷宮での暴走も、そばにいた私の精霊も含めて、それに巻き込まれたのだろうということに落ち着きました。

――ネフェルに力を貸してもらう時、捧げる魔力の量がいつも一定しないので、精霊の暴走は私のせいではないかと、実はヒヤヒヤしていたことは内緒です。

神殿に精霊が少なくなったこれからは、それを補うために神官たちは魔力を今まで以上に注ぎ、怪我を治す儀式を行うことになるでしょう。

神殿は光の神ナミナの名の下に、多くを癒してきました。結果、熱心な信仰を広く集め、ギルドとも長い間持ちつ持たれつで上手くやってきたのですが、ここに来てガタガタです。

少し前には、尊敬されていた元神官長が出奔《しゅっぽん》、現在の神官長も優秀な方ではありますが――人材的にも質が落ちてきている気がします。

カヌムからの連絡で、魔の森の魔物の氾濫の兆候は潰すことができました。迷宮に籠もる前に、アメデオたちも魔の森で狩りを行っていたため、しばらくは心配ないでしょう。坑道での変異も王狼が潰してくださったと聞きます。

勇者の現れる時代は波乱が多いという記録があります。シュルムや勇者の関連以外でも、何か大きな力が働いているような気がして、落ち着きません。

外伝2　水の都トゥアレグ

「砂漠の中央に、水の都トゥアレグというのがあった」

カーンの言葉を聞いて、砂漠に来ている。

いや、実際にあった都市ではあるけれど、遺跡として残ってるかはわからないんだけど。

砂漠の真ん中ってどこだ！　地図での真ん中あたりにいるんだけれど、なにせ縮尺がですね
……。

『えーと、この辺って砂漠の真ん中あたり？』

『……ざ、ざ』

おっと聞く相手を間違えた。でも一生懸命右を指している。

『あっちかな？　ありがとう、行ってみる』

さくさく砂の上を進む。ブーツの靴底は真っ平らで、砂の上を歩きやすいものを選んできている。ラクダの足の裏って大きくって、熱を通しにくい脂肪でぽよぽよする座布団みたいって聞くけど、本当だろうか。

『砂漠の真ん中ってこの辺？』

『……』

首を振って、また指差す。まあ人型じゃないので正確には指じゃないけど。

『ありがとう』

また指し示された方に向かって歩く。

精霊に名付けながら、どこにあるのかわからない都市を求めて静かな砂漠を彷徨う。

砂漠には人が住んでいないためか、人の言葉を話せる精霊が少ない。うんと歳を経た精霊ならば、かつて人が住んでいた頃の記憶があって、ベイリスみたいに話せるんだろうけど。

今回は頭を使って、夜の砂漠。昼間は焼けるようなのに、今はマイナスな気温。砂漠の探索は夕方か明け方しかないのか……。

でも、冴え冴えとした月にどこまでも続く砂の丘陵が照らされ、とても綺麗。風もなく、砂が鎮《しず》まっている砂漠の空は、どこまでも広くて美しい。

昼間は金色がかって見える砂が、白い月に照らされて銀色に見える。柔らかな曲線を描く銀の砂と、夜の帳《とばり》の対比。

で、眺めているうちに気づいた。今の砂漠の広さが、カーンのいた時代の砂漠の広さと違うんじゃないかってことを。

「……」

聞き方を変えよう。

『水の都とか、トゥアレグという場所があったのはどの辺か知ってる？』

『……』

ちょっと止まってくれたけど、すっとどこかに消える砂塵《さじん》の精霊。

『水の都とか、トゥアレグという場所があったのはどの辺か知ってる？』

『……』

体の先を振って、知らないというジェスチャーをする水晶の精霊。

『水の都とか、トゥアレグという場所があったのはどの辺か知ってる？』

『……』

首を振る砂粒の精霊。


聞きまくったんだが、成果はない。いやその前に、この辺の精霊、小さい？　――若いな。

と、いうことは新しい砂漠か！　完全に探す場所を間違えている。

やらかした～と思っていたら、なんか砂が動いている。サンドワームにしては気配が違う、でっかい精霊？

そう思った時には、砂が持ち上がり、崩れた人の形を取る。

『水の都トゥアレグを探しておるのはそなたか』

なかなかホラーな見た目なんだけど、意思の疎通が取れる精霊だ。そしてその精霊の近くに、最初に聞いた、砂塵の精霊がいる。

ああ、砂塵の精霊は小さいけれど増える精霊で、見たことや聞いたことの共有ができるタイプ？　知っている精霊を呼んでくれたのかな？

『そうです』

『何ゆえ探す？』

ざらざらとした声だが、不思議と不明瞭ではない。なんかこう、随分古い精霊って感じがするけど、人と長くいたっぽい？

古い精霊は原始的な精霊もいっぱいいで、俺の中で取扱注意なのだが、人間に関わってきた精霊は親しみやすい。外見はホラーだけど。

『ただ見てみたいから』

『埋もれた都市を、ただ見るだけか？』

『そう。かつての栄華と、廃《すた》れた理由に思いを馳《は》せて、古い遺跡を見るのが趣味だ』

答えている間にも、人型の精霊からは砂が流れ落ち、そして吸い上げられてさらさらと音を立てている。

人型の精霊というか、人の形を砂で作っている精霊だな。本当の形は砂に隠れてわからない。いや、もしかしたら本体はここにいないのかもしれない。

この砂人形は話をするためのお使いかな？

『変わっている』

『そうか？』

そういう趣味の人は多いと思うけど。

『大抵の人間は、持ってゆきたがる』

『持ってゆく？』

『かつて住んでいた者たちの富を、街を作る石を』

ああ、前者はありがちだし、後者も、この砂漠で建材を楽に手に入れようとするとそうなるのか。

『なるほど。確かに持っていきたがる人は多そうだ』

納得する俺。

『お前はいいのか？』

『今のところ特には。記念に手のひらに載るくらいのものは欲しいけど、訪れる人全員でやったらなくなるやつだな。だったらやめとく、俺はただ見たいだけだし、遺跡の来《こ》し方を知りたいだけだ』

『ふむ』

砂人形の表情はわからないけれど、考えている気配。

その間に俺は砂塵の精霊を呼び寄せて、お礼にちょっと魔力を渡す。きゃっきゃと喜んでいる気配が伝わってくる。くるんと回って砂人形の中に消える。

えー。そこが寝ぐら？

『人間よ、乗るがいい』

『ん？』

一体なんのことかと見れば、砂人形の下半身が広がって、ちょっと変形している。

『ここ？』

ぶあああっ！

乗った途端、すごい勢いで走り出した。砂人形に掴まろうとしたけど、失敗。慌ててエクス棒を取り出して、足元に刺す。

『わはははは！　ご主人、これなんだ？』

エクス棒だから受け入れられたのか、砂人形が転がり落ちそうな俺に気を使ってくれたのか、

いい具合に砂人形に刺さっているエクス棒。

『なんか、水の都トゥアレグってとこに連れてってくれるらしい』

なんかジェットスキーに立ち乗りしてるみたいというか、足元がビート板くらいしかないんだけど。

すごい勢いで砂を吐き出し、砂を吸って形を保ちながら走っている。俺はエクス棒に掴まって、振り落とされないようにするのが精一杯。

しかも防寒はしてるけど、寒い！　体感温度何度だこれ？

「ひゃっほおおお！！！」

エクス棒は楽しそうだけど！


慌てて大気や風の精霊に名付けて、体の周りに薄く空気の層を作ってもらう。直接風圧を受けることがなくなり、吹っ飛ばされる心配も凍える心配もなくなった。

その途端、エクス棒につられたのか、ちょっと楽しくなる俺。

「やっほおおおおおっ！」

丘陵をすっ飛ばして降り、視界いっぱい空の見える角度で丘陵を登る。砂漠は砂だけの大きな丘や、砂の中に岩山を隠しているものなど、実は見た目通りではない。足から上がってくる振動の違いや、跳ね具合を楽しみつつ、砂人形任せで突き進む。

魔物もこのスピードについてこられない。はるか後方で、砂の中からぼこって巨大な爪が出てたりする。残念だったな、もうそこにはいない！

何かに、誰かにぶつかる心配がないって最高だ。


スピードを楽しんでしばし。ざあざあと勢いのいい音が、さらさらと小さな音に変わり、砂人形が停止する。

『ここだ』

止まったところも砂漠だ。砂以外ない。

『ありがとう。風で砂を取り払えばいいのかな？』

そう言って、砂人形から降りた途端、足元の砂に飲み込まれる。

まあ、浮くんですけどね。

『都市はその流砂の下、お前ならば飲み込まれても戻ってこれよう。身を任すがいい』

砂人形がなかなかハードルの高いことを言い出した。

『わかった。ありがとう』

まあ、行くんですけどね。

周囲の風や大気の精霊を呼び寄せ、新たに名付ける。体に纏う空気の層を大きくしてもらい、いざ。

流砂に飲まれて流される。

本当にハードル高いぞこれ。空気の丸いカプセルに入ったような状態の俺だって、押し寄せる砂にドキドキする。どの方向に進んでいるのか、上下左右さえわからなくなる。

『わはははは！　ちょっと目が回るな！』

エクス棒、元気だな。でも俺も目が回っている。

『さあ、見るがいい。ここが水の都トゥアレグだ』

砂人形の声に、飛ばしかけていた意識を戻し、目を開ける。

エクス棒は、ただの杖状態。特に傷もついていないし、気配もそのままなので、俺と同じく目が回ったんだろう。

エクス棒を確認し、安心したところで周囲に目を向ける。

『おお』

そこにあったのは、正しく水の都。

膝丈まで浸かった白っぽい石の都市。

『すごい。綺麗だ』

精霊がここを保っているのか、水と、水に濡れた石が薄く輝き、幻想的。さらさらと砂が時々落ちてくるが、上はドーム型の天井のように砂が流れ、空間を保っている。

『入ってもいい？』

『構わぬ』

許可をもらったので水に入る。球形の空気の層はせっかくなので、体に張りつくような薄い層に変える。薄くしたために、水の温度が低めなことがわかる。

泳ぐように移動しながら街を見て回る。崩れることなく、綺麗に保たれているが、人の痕跡は少ない。

民家っぽいところにも何軒か入ってみたが、建物だけで生活用品がない。とても不思議だ。

整備された道、広場、噴水。構造だけは綺麗に残っている。ああ、全部色が抑えられて、時が経ったようではあるのに、傷や欠けがない。それでさらに生活臭が感じられないのか。

都の中央にある、広い庭を持つ大きな建物に入る。庭には当然植物はなく、水に沈むタイルがあるだけ。色がついていたようだが、白っぽく褪《あ》せている。その色褪せた様子がまたいい。

建物は他より高くなっており、水はくるぶしくらいまで。そして何もかもが大きい。

大きな柱の天井と床付近には植物の意匠、天井は水の流れのような浮き彫り。

壁のない、柱だけで区切られたいくつもの部屋。

自分が小人にでもなったような気分になりながら進んでゆくと、奥には一段下がった、また膝丈を超える水の溜まった部屋。ここが中心らしく、放射状に柱や部屋が配置されているみたい。

部屋の真ん中には白い枝。

『え？　精霊の枝？　いや、レプリカか』

ちょっとびっくりしたけど、作り物だ。白い石でできた枝が台座に載っている。イチジクのような葉が数枚、優美にねじれて枝の先を包む。

台座と枝だけが見慣れたサイズ。

『人間、それを台座から持ってゆくがいい』

砂人形の声が響く。

『いや、さすがにこれを記念品にするのはダメだろう』

取った途端に、この世界が崩れる予感がひしひしと。

『いいのだ、人間。この都市は砂に沈める』

ざらざらとした感じが鳴りをひそめ、深い響くような声。

『え、もったいない』

もうすでに沈んでいるけど、そういう意味でなく、この空間を砂で埋めてしまうということだろう。

『我も旅に出ることにした』

『え？』

突然の旅宣言。

『この地を離れ、どこかに眠る母なる精霊の縁《よすが》を探す』

『精霊ってお母さんいるの!?』

びっくりなんだけど！　いや、力の欠片《かけら》から、眷属として生まれるのはありか。でも母って言ってるの初めて聞いた。

『白き地母神。我が自我が生まれる頃に消えた、多くの精霊を生み出した原初の神の一柱《いっちゅう》。眠りから覚めてもらわねば、またこの世界は大きく変わり、大きく欠ける』

『へ？』

今ちょっとなんかたぶんだけど、大事なことを言わなかったか？

『我はここを失い、力を失い、自由を得るだろう。外に出たら名を呼べ』

『は？』

いやあなた、古い神を名付けるのはきついんですよ？　いや、弱体化するの？　砂人形はこの都市の精霊とかなのか？

いや、この都市を破棄しても存在できるなら違う？

『さあ、ここを留めおく結界は解いた。その枝を手にして外に出ねば、一緒に埋まるぞ』

砂人形の言葉通りなのだろう。なんか音がするけど、砂のドームが崩れ始め、可愛くない砂が落ちてきてる音な気がする。

『ちょっと、最初に説明してからに！』

大慌てで作り物の白い枝を手に取る。

台座から枝をどかした途端、天井が抜けた。

『人間、我が名はセナルファールだ』

砂人形の名を聞きながらも、俺はそれどころではない。

大量の砂が勢いよく流れ込んでくる。空気の層を纏っているので、命に関わるどうこうはないんだけど、洗濯機に入れられるのってこんな感じか？　砂に飲まれ巻かれて、ぐわんぐわんに振り回されて、上下左右の感覚がまたなくなる。押し流される状態では重力を感じることもできず、また目が回ってくらくらし始める。


そんな中、何かが意識の端にかかる。

最初に見たのは狩りをする人。

移動しながら草原で野生の動物を追いかけ、仕留めた喜びに沸く。狩りの上手い者たちが尊敬され、強い者が集団をまとめる。獲物の有無に一喜一憂し、弱った者は草原に倒れ、逆に獲物の糧《かて》になる。

次に、牛たち。

簡単な家が見え、家畜の数で人の上下が決まる。やがて長老や族長のようなものが現れた。人は天候に一喜一憂し、同じ場所で生きてゆく。

次に見たのは馬。

多くの馬が走る、蓄えた富を奪う侵略の時。都市が作られ、色の同じ人々を、あるいは同じ性質を持つ人々を囲い守る。勝者の歓喜と傲慢、敗者の悲哀と卑屈。

でもやがてそれもなくなる。

気候が大きく変わって、馬が見えなくなり、代わりにラクダがたくさん。家畜は飼い続けることが困難になり、人々は移動して姿を消した。

次に見えたのは人間に大きな影響を与えただろう精霊たち。風、木、火、巨石、俺が痕跡を見つけた精霊の他、まるで知らない強大な精霊。

それぞれが前後して力を振るい、場所によっては古い精霊の眷属が残り、世界が一転するわけではないけれど、大きな節目を迎えるたび、人の営みが変わる。

今より高度な都市を作った人々が、牛を追い、生活に追われて技術を失くす。人の姿が絶えていた場所に、獲物を追って人がまた現れる。

見せられる精霊の時代はバラバラのつぎはぎ。記憶が混乱するような感覚に陥り、気づくとさっきいた遺跡の庭園に立っていた。

白っぽい、灰色を基調とした石の建物。石畳に少しだけ紫がかった青いタイルと、赤紫のタイル。タイル敷き以外の場所には、水が流れ、繊細《せんさい》な花を咲かせた木々。

その薄い花弁をぶちぶちとむしって、風に乗せて遊ぶ精霊たち。あ、これあれだルフのパターン。夢の精霊ヒポピオスに見せてもらったルフの都市を思い出していると、白い服を着た美しい人たちが、白い石でできた精霊の枝を掲げて建物に入ってゆく。

お祝いのように張り切って花びらを散らす精霊。なんだろう、偽物の枝だよね？　過去に放り込まれたわけでなく、この土地の記憶を見せられでもしているのか、枝を運ぶ人たちは俺に気づかない。

なんとなくあとをついてゆく。

白い石の枝が祝詞《のりと》と共に台座に収められると、灰色だった建物が、台座を中心に白い枝の色に染まって、白く淡く輝く。

台座の部屋にいるはずだったのに、鳥観《ちょうかん》で白い都市を眺めている。白い色が広がって、水路の水が輝き、花びらが散る。ルフの都市が完成するところか――

そう思ったところで意識が覚醒《かくせい》した。

煌々《こうこう》と照る白い月。手にはさっき見た、白い石で作られた枝。よくよく見ると、涙型の――いや、イチジクの実の形をした白い宝石が、葉に半分包まれるようにある。白い宝石なんて初めて見たな。薄く内側から光っているみたいな、不思議な石。

ああ、これは白い月の色だ。いや、月に照らされた夜の青いような白いような、砂の色か？

そう思って目を周囲に向ける。

砂と空しかないはずの空間に、陽炎《かぎろい》のような白い巨人の姿。そういえば、カーンが「白き巨人の伝説がある土地」と言っていなかったか？

『では、人間』

呆然《ぼうぜん》と眺めていると、重々しい声が周囲に響いた。

響いた声は砂人形の声に似ていた。

手の中の石の枝が崩れ、慌てる俺。手の中に白い宝石——精霊の雫《しずく》だけが残った。いや、雫にしてはデカすぎるんだが……。それだけ強い力を持つ精霊なのか？

『家』に帰って、倒れる準備をしてから名を呼ぼう。この砂漠で倒れたら、生きていられる気がしない。精霊の気配のある場所でないと意味がないが、手にはあの精霊と繋がる雫がある。

白い巨人が消えた方向の空にある月をもう一度眺め、【転移】。

◆◇◆◇◆

砂漠から帰って、服から砂を落とし、風呂に入って月明かりのテラスでリシュと遊ぶ。あっちでもこっちでも同じ月だと思うと、なんか変な感じ。

人間どころか動物の気配もない砂漠だったので、リシュの可愛さがひとしお。いや、精霊なんだけどね？　でも子犬だ。

満足したのか、こてんと尻餅《しりもち》をつくように座ったリシュを撫で、月を眺める。

『セナルファール』

もらった雫を月にかざしながら名前を呟くと、ごっそり魔力が削られた。

ぐえ、ちょっと砂人形！　というか白き巨人！　あんた月光の精霊かよ！　無茶言うな！

なんであの都市を砂に埋もれさせると弱体化するんだよ！　関係ないだろ!?

いや、待て、あの白い石の枝、ルフが捧げていたあれに雫はあったか？　思い出しても枝には緩く巻いた葉しか浮かばず、葉の間に何もない。もしかしてあの都市でルフに育てられたとか？

砂漠で名前を呼ばなくてよかったと思いながら、テラスで意識を沈める俺。リシュが心配して、鼻を押しつけてくるのがわかる。

大丈夫、たぶん、明日の朝には起きられる。

あとがき

こんにちは、じゃがバターです。

転移したら山の中だった、６巻をお送りいたします。

今回は、巻末のおまけに冒頭の茄子とローストビーフのレシピを載せてくださいました。ジーンの作ったものとは少々違いますが、一般家庭に普通は窯がありませんので、使いやすいレシピかと思います。

私は無精者なので、茄子を洗ったら濡れたままラップして、丸のままレンチン勢ですが（笑）。


ジーンたちは今回、迷宮へ。レッツェたちから冒険者としての歩き方を学びつつも、そっと精霊たちと交流という名のやらかし。笑っていただければ嬉しいです。

巻末短編は副ギルド長視点での偽物勇者と迷宮での出来事になります。脳筋なギルド長のフォローで、結構働いている副ギルド長。がんばれ！　白蛇のネフェルくん共々、またそのうち出したいキャラです。

ディノッソ：今回戦闘あるんだけど。普通こういうのって主人公が活躍すんじゃねぇの？
レッツェ：直接戦うってだけが活躍じゃねぇだろ。補助とか強化とか……
ジーン：そう、支援カッコいいだろ！
ディノッソ：……あれは、主人公らしい活躍なの？
執事：なかなかのカオスでございました……
アッシュ：ジーンは、ジーンのやり方で助けてくれたのだからいいのではないか？
クリス：そうだ、ジーンはダンゴムシの脅威から我らを守ってくれるのだよ！
ディーン：ダンゴムシの王……
カーン：やめろ

最後に、素敵なイラストで彩ってくださる岩崎様、フォローしてくださる編集様、関わってくださった皆様、そしてこの本を手に取ってくださった方に感謝を！

２０２１年神無月吉日

じゃがバター

山の中 Special Recipe

牛肉と賀茂なすのローストビーフ 〜山葵添え〜

材料（2〜3人前）

牛もも肉ブロック	300g	赤ワイン	大さじ2
賀茂なす	1本	しょうゆ	大さじ1
塩	小さじ1/3	はちみつ	大さじ1/2
砂糖	小さじ1	山葵（チューブ）	適量
こしょう	少々	ベビーリーフ	適量（飾り）
オリーブオイル	適量		

作り方

① なすはピーラーで縞目（しまめ）に皮をむく。（なすが大きい場合は縦半分に切ってから）
② 牛肉に、塩・砂糖・こしょうをまぶし、常温で30分ほど置く。
③ 強火に熱したフライパンにオリーブオイルを入れ、牛肉となすを転がしながら全面に焼き色をつける。（1面15秒〜30秒程）
④ 赤ワインを入れ、弱火で5分蒸し焼きにする。
⑤ 火を止めて余熱で10分火を通す。
⑥ 牛肉となすを取り出し、そのままのフライパンにしょうゆ・はちみつを入れ、半量になるまで水分をとばす。
⑦ 牛肉となすを食べやすい大きさに切り、器に交互に盛りつけたら⑥のソースをかける。
⑧ 山葵とベビーリーフを飾る。

Point

お肉に焼き色をつける時は、加熱しすぎるとお肉が硬くなるため注意してください。なすをピーラーで縞目に皮をむくことで、柔らかくトロトロした食感に仕上がります。

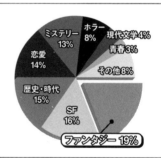

追放
悪役令嬢の旦那様
著／古森きり
イラスト／ゆき哉
1～4
「マンガPark」（白泉社）で
コミカライズ好評連載中！
マンガPark
©HAKUSENSHA
謎持ち悪役令嬢
第4回ツギクル小説大賞
大賞受賞作
規格外の旦那様と辺境ライフはじめます!!!
卒業パーティーで王太子アレファルドは、
自身の婚約者であるエラーナを突き飛ばす。
その場で婚約破棄された彼女へ手を差し伸べたのが運の尽き。
翌日には彼女と共に国外追放＆諸事情により交際0日結婚。
追放先の隣国で、のんびり牧場スローライフ！
……と、思ったけれど、どうやら彼女はちょっと変わった裏事情持ちらしい。
これは、そんな彼女の夫になった、ちょっと不運で最高に幸福な俺の話。
定価1,320円（本体1,200円＋税10%）
ISBN978-4-8156-0356-4
ツギクルブックス
https://books.tugikuru.jp/

2022年1月、
最新10巻
発売予定！
もふもふを
知らなかったら
人生の半分は無駄
にしていた
1～9
著／ひつじのはね
イラスト／戸部淑
サイン入り！
クレジットカード対応
イラストのNFT販売のお知らせ
「もふもふを知らなかったら
人生の半分は無駄にしていた」の
イラストがNFT Studioに登場！
第7回
ネット小説大賞
受賞作！
KADOKAWA
「ComicWalker」で
コミカライズ
好評連載中！
冒険あり、癒しあり、笑いあり、涙あり
もふもふたちに囲まれた
異世界スローライフ！
定価1,320円（本体1,200円＋税10％）
ISBN978-4-8156-0334-2
ツギクルブックス
https://books.tugikuru.jp/

ツギクルブックス

愛読者アンケートに回答してカバーイラストをダウンロード！


愛読者アンケートや本書に関するご意見、じゃがバター先生、岩崎美奈子先生へのファンレターは、下記のURLまたは右のQRコードよりアクセスしてください。

アンケートにご回答いただくとカバーイラストの画像データがダウンロードできますので、壁紙などでご使用ください。

https://books.tugikuru.jp/q/202111/yamanonaka6.html

本書は、カクヨムに掲載された「転移したら山の中だった。反動で強さよりも快適さを選びました。」を加筆修正したものです。

異世界《いせかい》に転移《てんい》したら山《やま》の中《なか》だった。反動《はんどう》で強《つよ》さよりも快適《かいてき》さを選《えら》びました。6

2021年11月25日　初版第1刷発行

著者　じゃがバター

発行人　宇草 亮
発行所　ツギクル株式会社
〒106-0032　東京都港区六本木2-4-5
TEL 03-5549-1184
発売元　SBクリエイティブ株式会社
〒106-0032　東京都港区六本木2-4-5
TEL 03-5549-1201

イラスト　岩崎美奈子
装丁　株式会社エストール

印刷・製本　中央精版印刷株式会社

定価はカバーに表示してあります。

乱丁本、落丁本はお取り替えいたします。

ISBN978-4-8156-1307-5
Printed in Japan